DIÁRIO
BOLIVARIANO

emerson alcalde

Título:	**Diário Bolivariano**
Autor:	**Emerson Alcalde**
Projeto gráfico, diagramação e capa:	**YAN Comunicação**
Revisão:	**Janaína Moitinho**
Consultoria literária:	**Ermi Panzo**
Editora:	**Autonomia Literária**

Realização: Este projeto foi contemplado pelo Edital PROAC Nº 33/2018 "Concurso de incentivo a projetos de criação e publicação literária no Estado de São Paulo – PROSA".

Dados Internacionais de Catalogação na Publicação (CIP)
(eDOC BRASIL, Belo Horizonte/MG)

A346d Alcalde, Emerson.
Diário Bolivariano / Emerson Alcalde. – São Paulo, SP:
Autonomia Literária, 2019.
14 x 21 cm

ISBN 978-85-69536-51-2

1. Ficção brasileira. 2. Literatura brasileira - Romance. I. Título.
CDD B869.3

Elaborado por Maurício Amormino Júnior – CRB6/2422

Siga o autor nas redes sociais
@emersonalcalde

À LAURA,
MINHA FILHA

"A sociedade inteira se militariza, o estado de exceção adquire permanência e o aparato da repressão torna-se hegemônico, tudo a partir de um aperto no parafuso lá nos centros do sistema imperialista"

Eduardo Galeano

CAPÍTULO 1

Mas com farmácia popular, fome zero, bolsa família, meu destino é o setor de traumatologia.

Faria andar no barro o Rolls-Royce do presidente, se eu fosse livre pra sonhar.

Sonhos Que Eu Não Quero Ter (Facção Central)

Trombei o Dimas, um dia antes do rolê, no bar do palmeirense na Favela Caixa D'água. A ansiedade bloqueava a variedade de pensamentos restringindo meu assunto apenas a esta viagem e somente ele aguentaria me ouvir, pois iríamos juntos. Na nossa frente passavam os moleques fumando maconha, vestindo roupas de grifes, algumas de segunda linha, mas todas caras. A polifonia dos sons de funk num volume acima dos decibéis permitidos por lei criavam a trilha sonora da quebrada, eles entravam nas vielas pilotando e empinando as "suas" motos. No momento de brisa tentava distinguir quais eram as adquiridas no cartão de crédito e quais eram roubadas. O Caveirinha encostou:

— *A firma tá crescendo, a rapaziada tá consumindo*, comentou ajeitando a pistola na cintura. Fungou o nariz, bebeu um copo da nossa cerveja e desceu o morro, mancando, rangendo os dentes e balançando expansivamente os braços.

Dimas resolveu treinar seu portunhol se engraçando com as novinhas de shortinhos que desfilavam na avenida Cangaíba, elas apenas riam se abraçando enquanto desciam o beco de barro.

Depois de várias cervejas refletimos sobre a situação econômica do país.

— *Está bom pra nós e pá, mas poderia tá melhor. A mudança tá muito lenta. O Lula, um cara que veio de baixo, assim como nós, tinha que ter rompido com a elite. Seria um truque, liga? Mudou o discurso, cortou a barba, e agora no final do governo era a hora de virar a mesa e fazer a revolução!* Bati o copo americano na mesa vermelha de ferro enferrujada produzindo um som agudo, respingando o suor do copo em meus braços.

— *Jackson, o João Goulart também ia fazer as reformas de base*, comentou Dimas matando o copo da cerveja quente e continuou:

— *Armaram pra ele. Foi deposto e expulso do país. Sempre que se tenta fazer a revolução eles dão o golpe. Não acredito na eleição. Tem que ser que nem em Cuba, pela revolução armada. O PT abandonou as bases. O Lula traiu o povo.*

Dimas: o bandido bom, aquele que pediu perdão a Jesus Cristo, o primeiro *vida loka* da história, o intelectual orgânico, foi o primeiro da sua quebrada a acessar a universidade pelas cotas raciais, iniciou o curso de Ciências Sociais, mas não concluiu porque engravidou a namorada no segundo semestre e teve que arrumar dois trampos precarizados para não ser preso e manter sua dignidade. Sempre foi muito crítico, na adolescência, fez parte da pastoral da juventude, lia varando a madrugada. Chegávamos no seu barraco de madeira pra ensaiar com o nosso grupo de rap e lá estava ele concentrado em algum livro, empolgado contava o que tinha entendido do que acabara de ler. Eu e o Brown concordávamos e ligávamos o rádio para escutar um som. Na parede de madeirite do seu barraco havia: um calendário da consciência negra, uma capa do disco do Tupac Shakur, um distintivo do Corinthians, pôster da Lauryn Hill e uma imagem de São Jorge.

Finalizamos a conversa quando escutamos uma rajada de tiros, como um sinal de partida no atletismo, corremos, cada um para sua residência.

Nosso rolê era um festival de teatro popular na periferia da Venezuela, um mochileiro mexicano ligado a causa zapatista, que conheci em um sarau na zona sul, me pilhou a viajar, eu não conhecia ninguém de outros países e nem sabia os meios, ele prontamente me passou o contato de vários articuladores latino-americanos, enviei e-mail pra uma pá deles, e a representante da Venezuela foi a única que me respondeu. Eu fazia teatro de animação, mas não queria ir sozinho então chamei o Dimas pra me fazer companhia, operar o som e manipular alguns pequenos personagens comigo. O que ele queria mesmo era viajar, conhecer umas minas, ver de perto a revolução bolivariana, apesar de ser mais fã da cubana. Levamos o espetáculo "Bombetinha", abordando questões de identidade, raça e aceitação. Tínhamos apenas uma carta convite como segurança, não havia um site ou qualquer outra plataforma das redes sociais com informações sobre o evento, apenas fotos em baixa resolução nos perfis das produtoras. As conversas via e-mail eram imprecisas. As imagens não me motivavam a acreditar no profissionalismo do festival, atores com figurinos coloridos como de um carnaval barato, muitas imagens de cristo, um teatro aparentemente amador, até aí tudo bem, o nosso também era, então valeria a aventura.

A minha referência da Venezuela era limitada, ia pouco além do senso comum: o país que ganhou várias vezes o prêmio de Miss Universo, ricos em petróleo, com um presidente maluco que bate de frente com os americanos e que recentemente havia fechado um canal de televisão, lembro que isso gerou discordância até na esquerda.

Diário Bolivariano

Larissa Maia

Capítulo 1 - SÃO PAULO

Com a carta convite e a rasa ideia do país na cabeça procurei o consulado venezuelano para pedir orientações, e quem sabe um suporte financeiro. Me desloquei até a Rua General Fonseca Téles, no Jardins, passei por lojas de carros blindados, seguranças particulares em cabines acompanhando meus passos, câmeras por todos os lados, pensei: isso que é playboy de verdade e não os pregos da quebrada que só porque tem um carro novo, roupa de grife, se acham ricos. Me apresentei explicando que participaria de um festival de arte e se eles poderiam me ajudar, mostrei a carta, eles desconheciam o evento e não tinham nada a oferecer, primeiro indicativo que poderia ser uma furada. A senhora que me atendeu disse que não era solicitado visto e perguntou se já tinha tomado a vacina da febre amarela. Fodeu. Era preciso apresentar o comprovante de vacinação com data de dez dias de antecedência para entrar legalmente no país, estávamos atrasados, viajaríamos em nove dias. Na manhã seguinte eu e Dimas corremos ao Hospital das Clínicas pra tomar a tal injeção. Daquele momento faltariam oito dias pra partida, fizemos uma rasura nas datas dos comprovantes para assim, se pá, podermos entrar no país.

Não tínhamos dinheiro para comprar as passagens aéreas de São Paulo a Caracas, demoramos uma cota para decidir e os preços aumentavam. Buscamos alternativas até descobrir que daria para fazer o caminho de Manaus até Caracas de ônibus, demoraria demasiadamente, mas os preços eram acessíveis. De São Paulo a Valência, Estado de Carabobo, a distância é de aproximadamente de seis mil quilômetros. Pesquisamos nos blogs e encontramos depoimentos de mochileiros que fizeram a rota de ônibus, anotamos as dicas essenciais e montamos o nosso roteiro, apenas da ida.

O cenário da peça já estava embalado, e a minha mala estava pela metade, eu ainda tinha dúvidas se iria ou não com o tênis azul da Nike. Era o mais confortável, mas se tratando de um país socialista não saberia se teria boa aceitação, tirei o Nike, mas ele era o mais bonito, coloquei o Nike, poderia gerar um desconforto entre os participantes ou até mesmo uma confusão, mas era o que mais combinava com as outras roupas, coloquei o tênis novamente na mala. No aeroporto os federais chavistas olhariam para o meu pé e confiscariam os meus bens ou me deportariam, e se chegasse vivo no Festival, lá poderia ser expulso, *"como que você se inscreveu num festival revolucionário e usa uma marca símbolo mor do capital imperialista que promove trabalho escravo nos países pobres? Isso não condiz com ideias marxistas!"* Tirei de vez o tênis da mala. Para evitar todas as negativas possíveis fui com o boot mais neutro e zoado que tinha, e isso me rendeu uma tranquilidade no universo vermelho e uma eterna dor no pé esquerdo.

No dia da partida nos encontramos no ponto do Engenheiro Goulart na Avenida Assis Ribeiro para pegar o ônibus intermunicipal que vinha do metrô Tatuapé e que nos levaria ao aeroporto de Cumbica, em Guarulhos. Enquanto esperávamos fumamos um e nos mantivemos concentrados sob uma garoa fina por mais de uma hora e meia.

O primeiro desafio era ir da zona leste a zona franca enfrentando os perrengues de uma longa viagem. A nossa geração de filhos de operários fazia tudo pela primeira vez; os primeiros a acessar a universidade, os primeiros a viajar de avião, os primeiros a sair do país. Com as passagens parceladas em dez vezes no cartão de crédito, partimos.

A revolução pra nós veio pelo consumo.

CAPÍTULO 2

Ilustração/YAN Comunicação

MANAUS

nada atrás de mim,

tudo à minha frente,

*como acontece
sempre na estrada*

"Jack Kerouac – Pé na estrada"

altava pouco menos de uma hora pra saída do nosso avião quando saltamos do ônibus da EMTU no Terminal 2, laranja, do aeroporto internacional Governador André Franco Montoro em Guarulhos, apertamos os passos parando apenas para perguntas referentes a direção do check-in indicado no voucher. E ao nosso lado ouvimos uma senhora aristocrata reclamar *"depois do Lula os aeroportos brasileiros viraram terminal rodoviário em feriado prolongado"*. Era a última chamada, entramos na fila num ziguezague interminável, as auxiliares da empresa aérea anunciavam em voz alta, num tom desesperado, o número do nosso voo, erguemos as mãos como se tivéssemos sido sorteados no bingo da quermesse da Paróquia Santo Onofre. Uma delas nos passou na frente de todos, suávamos a cântaros, seguimos as ordens para pegarmos os tickets de embarque e despacharmos as bagagens. De frente para o guichê soquei a mão no bolso e peguei também a minha carteirinha de vacina, mas lembrei que se tratava de um voo nacional e não seria preciso, segurei-o com uma mão e com a outra tirei uma bala de iogurte amassada, o comprovante de vacina caiu no chão, voltei a mão direita na carteira e entreguei o documento dobrado com os dedos melados de bala, Dimas já havia realizado o procedimento, com os bilhetes impressos nos dirigimos ao portão de embarque.

No celular recebi uma mensagem: *"viajamos não apenas para chegar, mas para viver enquanto estamos viajando"* Goethe - era minha mãe pelo celular de uma prima. Ela costumava anotar as frases que ouvia na rádio a.m.

Sentamos no banco de frente ao portão menciona-do nos bilhetes para descansar e comemorar por não ter perdido o voo. A correria foi tamanha que nem se-quer virei para os lados pra ver se encontrava alguma celebridade. Já estava próximo do horário de partida e não avistava quase ninguém nas imediações, fui saber qual que era com um funcionário que de maneira cate-górica me respondeu:

— *A mudança de portão foi anunciava inúmeras ve-zes, senhor.* Uma voz no alto-falante repetia a alteração, saímos no gás até o novo portão, fomos os últimos a en-trar no avião.

Sentei na janelinha e ao meu lado vieram duas mu-lheres loiras de meia idade exalando perfume francês, com seus colares de joias e roupas de grifes. Iam pra Rio Branco, Estado do Acre. Elas não paravam de falar entre si e não abriam a mínima possibilidade de um diálogo comigo. Eu queria falar da minha inexperiência, rezar um pai nosso e ouvir: "*moço está tudo bem, vai dar certo, chegaremos salvos, o medo é normal*", aquelas frivolidades, sabe, que preenchem e distrai nossa aten-ção. Então... não me concentrava na leitura dos livros que levei, as revistas disponíveis na minha frente não me despertavam interesse, folheava e lia frases alea-tórias. Ouvi atentamente as instruções de segurança e me preparei para a iminente tragédia. Fiz uma oração a Ogum para nos proteger de imprevistos e acidentes. Essa aeronave não pode cair, não na minha vez, nem sequer conseguia expressar os momentos de pânico, as duas iriam rir de mim, talvez. Ah se rissem aí eu mos-traria da pior maneira de onde vim: *somente agora com quase trinta anos estou andando nessa merda de avião, respeite o meu momento!*

Guardei o meu dinheiro, que não era muito, e meu estômago para comer no avião, pois sempre ouvi falar que se comia bem e na faixa, e como tudo na nossa vez é inaugural, agora não seria diferente, o lanche que até então fora cortesia, pela primeira vez seria cobrado. As madames ficaram inconformadas e inquietas, ameaçaram nunca mais viajar por esta empresa. Imagina nós? Pobre além de não ter sorte ainda espalha o azar. Segurei a respiração evitando o ronco do bucho, pronto, só faltava cair no meio da selva amazônica e ficar perdido por dias, semanas ou meses junto a elite nojenta.

Dimas sentou no assento ao fundo com dois pastores da igreja pentecostal e ouviu as aventuras dos crentes em festas particulares regadas a bebidas alcoólicas e drogas ilícitas com os irmãos tementes a Deus da América Latina. Foram quatro horas que pareceram quatro anos, senti cada segundo, cada chacoalhada da turbulência, cada olhar de indiferença, cada batida do coração. Me ocupei em contemplar a paisagem e ler a revista: as nuvens de cima pareciam pedaços de algodão suspensos no ar, o céu azul. *4 noites em Cancun*. Me impressionei ao atravessá-las, sempre fui ruim em física e química. *Valor total área frontal quatrocentos e quinze reais*. No chão os quadrados verdes, uns pedaços claros e outros escuro lembrando musgos, e linhas marrons e laranja dividindo-os formando as vias de terra por entre os hectares, alguns rios e lagoas. *Viagem para Disney com a família. Passagem. Hotel*. A floresta plana. Era possível observar o desmatamento, um descampado ou o cerrado se pá. *Alugue um carro no site e ganhe quatro horas estendidas*. O medo infantil de cair daquela altura só passou quando finalmente aterrissamos em solo firme no aeroporto Eduardo Gomes no Amazonas.

Um rapaz, que fazia este trajeto semanalmente levando mercadorias do ABC Paulista para Manaus, ao ver as nossas caras pálidas, daquelas que ficamos quando saímos de um brinquedo radical do parque de diversões, se aproximou dizendo que este voo foi suave na nave, uma turbulência fraquinha, já chegou a bater a cabeça no teto, falava com muita mansidão enquanto pegava suas bagagens sujas e quebradas;

— *Olha é assim que ficam suas malas conforme as viagens. Eles jogam de qualquer jeito, cada dia uma nova parte é danificada -*, dirigindo-se a saída.

Encostamos no banheiro, lavei o rosto, me alonguei, controlei a respiração. Tínhamos que sair dali e ir pra rodoviária. O aeroporto estava em reformas, e pelas portas de vidro vimos os taxistas como advogados em porta de cadeia tentando laçar seus clientes pelo convencimento. Não pegávamos táxis nem em São Paulo, aliás eles nem param pra gente na rua, não pegaríamos ali, em todo lugar existe uma alternativa. Ao atravessar as portas automáticas fomos tomados por uma forte corrente de ar seco e abafado, voltamos para dentro, curtimos o clima clean europeu, tiramos as blusas, e encaramos de frente o ar carregado do norte.

Um senhor numa fala morosa, e um sotaque nortista bem acentuado, nos informou o nome, o número, a cor, o horário e o local onde parava o ônibus que nos deixaria na rodoviária. Agradecemos e retornamos para procurar o serviço de guarda-volumes. Antes de muquiar as bagagens, retiramos bermudas, regatas, óculos de sol e uma sacola com partes do cenário do teatro, guardamos as malas e feito dois sujeitos estrangeiros nos dirigimos ao ponto. Tínhamos comprado apenas as passagens aéreas de ida e volta de São Paulo a Manaus e de Manaus a São Paulo, o restante compraríamos na hora de embarcar e de acordo com a experiência que a vida poderia nos proporcionar.

Após uns quarenta minutos de espera no ponto, sem cobertura e isolado, o bus encostou. Antes de subirmos confirmamos se realmente passaria no nosso destino, o motorista sarcasticamente respondeu:

— *Rodoviária?* Gargalhou, pedindo concordância de dois malucos que estavam perto dele.

— *Passa ou não passa?* insistimos e o piloto piadista prosseguiu:

— *Rapazes, eu passo num lugar que o povo daqui chama de rodoviária, é uma tranqueira, se quiserem ir vamos embora.*

Após alguns segundos de uma possível desistência, mesmo incrédulos, entramos no coletivo, que já vinha cheio. Deu partida, saiu rasgando, o calor aumentava como se estivéssemos adentrando um vulcão numa fase elevada do Mario Bros. Do lado esquerdo a floresta amazônica isolada por grades, do lado direito construções modernas em áreas industriais, conforme avançávamos predominavam as cinzas paisagens do norte. Nos bancos próximos ao cobrador vimos mulheres de peles claras castigadas pelo sol, com rostos redondos, baixa estatura, meio indígenas meio europeias, fisionomias parecidas com as madames do avião, guardadas as devidas diferenças sociais. Ao fundo outras moças com tons de peles mais escuros carregando sacolas plásticas, homens com naipes de trabalhadores urbanos se equilibravam em pé.

Estava pensativo quando flagrei um cara com a camiseta da torcida organizada do Vasco da Gama sentado a dois bancos na frente do nosso. Eu não acreditei que em plena Amazonas encontraria um torcedor de um time carioca. Pensando bem e de cabeça fria, tem uma pá de flamenguistas no nordeste e não poderia deixar de existir quem fosse do contra. Eu, sócio da Torcida Jovem do Santos Futebol Clube, carregava o ódio desde a briga de 1994 no estádio vascaíno em São Januário. Eu era criança, assisti a treta pela televisão. As duas torcidas invadiram o campo e a do time visitante, em menor número, levou a pior. Um santista, que conheci anos mais, tomou tantas pauladas na cabeça que ficou louco, surtava nas caravanas, do nada queria agredir os amigos devido aos efeitos colaterais deste episódio.

O vascaíno se levantou para descer. Encarei-o durante alguns minutos, ele não percebeu, eu estava à paisana e mesmo se estivesse fardado o otário nem entenderia, pois esta briga é entre Rio e São Paulo, e ele nortista iria pagar por isso. Dimas era da torcida Gaviões da Fiel, ala da esquerda bolchevista corintiana, e também tinha desavença com a Força Jovem do Vasco que é fechada com a Mancha Verde, do rival Palmeiras. Ao notar o meu olhar já previa o que estava por vir. No momento do seu desembarque, proferi algumas palavras sórdidas e chamei-o de vice, ele me deu um murro na cara, dei-lhe um empurrão, ele se debateu entre a porta com suas sacolas, Dimas emendou um soco no peito, eu dei outro chute, o vascaíno voltou para dentro e acertou em cheio um soco no nariz do corintiano enquanto tentava se livrar das sacolas que carregava. Dimas puxou a camiseta na intenção de rasgar, eu segurei por outro lado e a gola foi se desfazendo, ele acertou uma cotovelada no meu amigo e um pontapé em mim, enquanto revezávamos entre chutes e socos, a porta permanecia aberta e o ônibus parado. Alguns passageiros se levantavam e outros cobriam o rosto, eu cuspia e gritava que iria matá-lo, o Gavião segurou a porta, o motorista pensou que fosse assalto e queria partir, a confusão terminou com a intervenção dos demais passageiros e do cobrador. O ônibus seguiu o itinerário por alguns pontos a frente até que o motorista exasperado e bufando interpelou:

— *Não era aqui que queria descer?*

Realmente aquilo não parecia nem mesmo um terminal suburbano tão pouco uma rodoviária com destinos internacionais. Um outro Brasil, um território fora do eixo. No banheiro dei uma de Pilatos, lavei as mãos, tirando o suor do rosto e o sangue do nariz.

Nos dirigimos ao guichê e solicitamos as passagens a funcionária, que antes de informar os horários e valores, exigiu o documento.

— *Para vender as passagens necessito dos comprovantes da vacina de febre amarela com data de dez dias antecedentes da viagem.*

Friamente sacamos os comprovantes e entregamos a ela que na hora percebeu a rasura. Sorriu. Com a cabeça inclinada para a mesa começou a pensar em voz baixa.

— *Parece um oito mais deve ser um seis*. Releu uma duas vezes em silêncio. Pensou em voz alta: - *Isso é um crime, hein?*

Afirmamos que as vacinas foram tomadas com antecedência maior que dez dias: programávamos há meses essa viagem, jamais cometeríamos uma falha ridícula. Explicamos que o erro foi da moça do posto de saúde. Ela incrédula levou para outros dois rapazes na sala atrás do guichê e eles também riram ao verem as carteirinhas, mas autorizaram a venda das passagens dizendo que não se responsabilizariam pela nossa entrada no país vizinho, nós teríamos que trocar ideia na alfândega para seguir viagem. Ideia era com nóis memo, nóis é do país do jeitinho, é pique: um passo pra trás pra dar dois pra frente. Compramos as passagens de ida, e desta vez nós que abrimos o sorriso.

"Passagem só de ida quase sempre não tem volta".

A fome já tinha se estabilizado, no estômago somente um pão amanhecido aquecido na frigideira há oito horas, mas a tontura a fez restabelecer, demos um giro dentro terminal tentando descolar algo pra mastigar. Um ambiente visualmente insalubre, inseguro, pouca iluminação, poças d'água, pessoas sentadas portando grandes sacolas e malas, dormindo nos bancos esperando o ônibus, não aparentavam ser turistas, possivelmente estavam a trabalho comprando mercadorias para revender. Avistei uns orelhões, lembrei que tinha que ligar para minha mãe para dar notícias, mas nenhum lugar vendia cartões telefônicos, meu celular estava sem créditos. Procurei na carteira e encontrei um velho cartão de trinta unidades com uma arte da Tarsila do Amaral, inseri, entrou mole como um pau broxado, não apresentou sinal.

Buscamos informações em um quiosque, que segundo a funcionária só vendia merenda. Ela também não sabia onde encontrar refeição naquele horário. Compramos um pacote de banana frita e comemos enquanto pensávamos na próxima ação. Manaus é grande deve existir umas comidas típicas dá hora. Ao olhar para a lateral esquerda, uma imagem surgia em nossa direção, apontava no horizonte, vinha da ponta do terminal, era magra de pele clara, com descendência indígena evidente, caminhava devagar, seus cabelos grandes cobriam parte de seu rosto, emitia sons que pareciam cantos, gemidos ou outra língua, trazia um olhar profundo como se não reconhecesse o ambiente, se aproximava de nós a passos curtos, tinha cicatrizes e ferimentos expostos. Estava completamente nua. Algumas pessoas se horrorizavam, outras faziam comentários e a ofendiam. Há uns três metros de suas costas uma parede de homens se movia como mortos-vivos. Alguns caras, ao nosso lado, gargalhavam e outros se viravam para o lado oposto tentando retomar o assunto com a moça do quiosque que naquele momento se indignara afirmando que aquela mulher era uma suja e oportunista, que queria apenas chamar a atenção de macho. Aumentou o tom de voz trazendo o foco para si e sua barraca, jogava o rabo de cavalo para os lados em sinal de impaciência. A índia passou por nós. Eu e Dimas permanecemos parados, estáticos, em silêncio, tentava desviar os olhos, não era um olhar erotizado, tal um assombro, mas o foco ia para aquela figura desnuda.

Uma mulher massacrada pelos progressos da modernidade. Não se adequou aos avanços capitalistas trazidos para a Zona Franca de Manaus com os polos econômicos: comercial, industrial e agropecuário. Perdeu seu direito a terra, a cultura, aos ritos, perdeu suas roupas, agora vive na rua da metrópole alcoolizada e em condições miseráveis. Não tem mais açaí no pé e nem rede para repousar entre as árvores, um peixe fora d'água, um grito da natureza sufocado, estávamos na Amazonas real, sem folclore. Não vimos floresta no norte. O pulmão do mundo está manchado por um grande enfisema.

A moça entrou no terminal causando espanto, gerando insultos. E depois foi ignorada.

Atravessamos a avenida pela passarela, calculei que seria rápido e fácil, mas o sol torrava a cabeça ralentando o nosso caminhar, em menos de cem metros já estávamos exaustos, e aí entendemos porque não havia ninguém fazendo aquela travessia. Nos locomovemos de transporte coletivo até o centro. Na região central sempre se encontra um lugar que serve refeições fora do horário comercial. Poderíamos comer um prato típico de Manaus ampliando o nosso repertório gastronômico. De dentro do ônibus avistamos um shopping na Avenida Djalma Batista, saltamos.

Não aguentávamos mais aquele calor seco, ardia a testa, grudava a camiseta, e sem falar que metade das minhas costas era esquentada pelos pesados dreads. Olhando para o lado não víamos nenhum lugar para comer, só lojas. As pessoas esperavam o ônibus aglomeradas nos pequenos espaços de sombras formadas pelos muros e edifícios. Entramos no shopping, e o ar condicionado, que odiávamos, naquele momento foi a melhor sensação que podia existir. Paramos num canto pra curtir o frescor e ter um momento de prazer. A proposta era não comer no shopping center, logo tentamos pôr o pé pra fora na intenção de procurar um lugar menos elitista, mas não suportamos a temperatura e nos encaminhamos para a praça de alimentação. Enquanto andávamos famintos pelos corredores, eu de dreadlocks, Dimas de cabelo black e roupas coloridas, lojistas e clientes nos encaravam com estranhamento e desconfiança, já os seguranças nos seguiam.

Sem opção para uma comida típica e sem disposição para andar no deserto do Saara decidimos comer no MC Donald's – o símbolo corporativo do capeta. Estávamos longe de casa não teria problema, pois se vissem nós dois ali, pior, se tirassem uma foto e postassem nas redes sociais ficaríamos sem moral na quebrada, seríamos tachados de falsos militantes. Imaginei os comentários: "pagam de anticapitalistas e fazem o contrário, pura hipocrisia. Que decepção! Olha lá os esquerdo-machos cheios de conceitos nos discursos e vazios de prática. Vários discursos de ódio preenchendo a postagem", passaríamos dias nos justificando na internet pela covarde exposição, sem falar que estávamos indo para um evento patrocinado pelo governo chavista, nem entraríamos no país. O lanche tava da hora.

Ainda dentro do shopping combinamos o que faríamos até o horário de partida do ônibus. Tivemos uma experiência frustrada de apresentar um trecho da peça para descolar uns trocados. Ninguém parou para assistir, desmontamos o cenário antes do fim da primeira esquete. Eu queria conhecer o Teatro Amazonas, Dimas não. Ele foi para um sentido e eu fui para o centro.

Participei de uma visita monitorada no Teatro junto com uma turma de espanhóis, tirei foto, aprendi um pouco da história do teatro amazonense de estilo barroco, inaugurado em 1896, com um concerto do tenor italiano Caruso, um espaço onde a pequena elite amazonense pudia assistir e ser vista. Visitamos o salão nobre, os camarotes, o palco. A monitora, em castelhano, contou que o Teatro é um símbolo da nobreza do ciclo da borracha, marcada pela extração do látex da seringueira e da comercialização da borracha, supervalorizada pelas indústrias europeias e americanas. Ela só não contou que para a sustentação do chamado Século das Luzes as comunidades indígenas foram escravizadas e dizimadas e seus herdeiros foram colocados em condições de mendicância. E mais de meio milhão de nordestinos, a maioria do Ceará, migraram para o Amazonas atraídos pela ilusão da borracha, mais da metade morreu no percurso. Além de servirem de reserva para as grandes obras públicas, sucumbiram as epidemias na floresta úmida ou se sujeitaram a um trabalho semelhante à escravidão. Parei em frente a um manequim com um figurino de época. Quem dera se só as roupas fossem do século XIX.

Na praça em frente um homem tentava me vender um passeio turístico de barco para nadar com o boto rosa, ver cobra, macaco, bicho preguiça, jacaré, artesanatos, o encontro das águas do Rio Negro e Solimões, visitar uma Aldeia Indígena ou até mesmo um circuito por cachoeiras no Monte Roraima. Ele era de uma cooperativa de turismo manauara criada para dar emprego aos nativos se opondo e resistindo ao monopólio das grandes agências de turismo. Um casal conversando em inglês passou nas proximidades e o vendedor entendendo que eu não iria comprar o pacote me abandonou e se dirigiu aos gringos trocando imediatamente de idioma.

Saí do Largo São Sebastião, encostei no bar do Armando, pedi uma gelada pra baixar a ansiedade e vivi a sensação de estar dentro do pulmão do mundo, acendi um cigarro para obstruir ainda mais os brônquios.

Me aventurei em andar pelas ruas do comércio popular, fui ao banco consultar o saldo, tinha somente setenta reais disponíveis no cheque-especial, comprei cuecas no camelô, ia precisar. Retornei ao ponto, comi um pão com ovo na chapa enquanto ouvia um poeta de rua vendendo seus zines escritos à mão em papel de caderno, li a frase:

> *"Merece um tiro; quem inventou a bala"*
>
> Miró de Muribeca.

Perguntei se tinha algum sarau na cidade, o poeta me passou oralmente a agenda do final de semana. Entreguei-lhe umas moedas e fiquei com o poema, ingressei no ônibus para regressar ao aeroporto.

Me encontrei com Dimas em frente ao guarda—volumes, retiramos as bagagens e pegamos o ônibus rumo a rodoviária.

Já eram quase 19 horas quando a fila se formou. Entre os nortistas avistei uma garota extremamente branca, cabelos despenteados originalmente amarelos, de olhos azuis turquesa e com roupas desgastadas, exalando odores, carregava um violão. O busão era bacana, quatro eixos, dois andares, copos de água e lanchinhos disponíveis, e o vital ar condicionado. Nossas passagens eram para o piso superior no semi—leito. Pegamos a BR 174, ótima estrada. Tentava dormir, mas o Euclides, um senhor que vinha de Porto Velho, muito simpático e um pouco surdo, queria conversar comigo durante a noite, contou a história de como fora construída a estrada de Rondônia a Manaus e que somente caminhonetes 4x4 conseguiam completar o trajeto, sua esposa tentava fazê—lo desistir para não nos incomodar, mas ele insistia, eu dei trela, aparentava ser uma pessoa humilde, me interessava ouvir as histórias dos mais velhos, e ele queria ouvir a nossa, porém sua deficiência auditiva o impedia, sendo assim, seguia sua narrativa lenta e bem articulada. Cedi minha atenção até cair no sono. Eu fui num banco sem acompanhante, e

Dimas em outro mais a frente. O ar condicionado começou a incomodar, fazia muito frio, e como viajantes de primeira viagem somente nós não tínhamos travesseiros e cobertores. Minha rinite atacou.

Em algum momento da madrugada peguei no sono e acordei com o trepidar do ônibus, levantei a cabeça, olhei para fora, paramos no Posto Fiscal de Jundiá, estávamos na Terra Indígena Waimiri—Atroari. Euclides me disse que os indígenas criaram uma barreira com correntes que é esticada atravessando a pista a partir das dezoito horas até às seis do dia seguinte e nesse período apenas a polícia, ambulâncias e ônibus podem passar. Antes mesmo que o veículo parasse totalmente o policial nos ganhou da janela, e sem perder o olhar se dirigiu com absoluta certeza de que éramos fugitivos da justiça. Ele caminhou em nossa direção perguntando sobre o nosso destino, entreguei a carta convite do festival, me deixou no vácuo, pediu os nossos documentos, não solicitou os dos demais passageiros.

Euclides queria mostrar ser um cidadão de bem, acordou a esposa repentinamente para que ela pegasse os seus documentos na bolsa, mas o policial com um gesto indicou ao vovô para se acomodar. Desceu com os nossos RGs para averiguação. Com uma meia furada no dedão busquei um copinho de água na geladeira, vi o Dimas voltar a dormir com o corpo esticado ocupando dois assentos, dei um empurrão para que não dormisse até sermos dispensados pela lei. Tentei me recordar se estava limpo na justiça. Mesmo sem dever quando somos parados por policiais parece que sempre estamos errados ou que irão forjar o flagrante. O federal demorou alguns minutos para retornar, desconfiado nos devolveu os documentos e partimos na longa jornada noite adentro.

CAPÍTULO 3

Ilustração/YAN Comunicação

Alguns números de can-can,
boas bebidas,

eram tão bom argumento ideológico
quanto qualquer outro

A política nos trópicos é uma questão
de coreografia.

A classe dominante nos trópicos não
se envergonha de nada.

Ser violento nos trópicos é uma
questão de humor

Galvez, Imperador do Acre, Márcio Souza

Chegamos em Boa Vista, no Estado de Roraima às seis horas da manhã e quinze minutos. Enquanto retirávamos as bagagens, Euclides fez questão de apresentar a sua filha, uma moça loira, como as camponesas do sul, acompanhada do marido e dos filhos. Não conseguia sustentar as minhas pálpebras abertas, sem condições de me despedir educadamente e trocar contatos, fomos direto tomar um café puro. Nos arriscamos em ir rapidamente a uma loja bem perto para comprar cobertores, não ia virar passar mais frio. Na área de espera, assistimos TV. O ônibus estava programado para partir às sete e trinta. Faltavam oitocentos e trinta e nove quilômetros até Puerto Ordaz, Estado de Bolívar.

Estávamos no extremo norte do país. Eu não conhecia ninguém que tivesse vindo para este lugar.

— *Passamos pela linha do equador!*

Atravessamos do hemisfério sul ao norte. No Sul é inverno e no norte verão. A linha imaginária do centro do mundo. Se eu falasse pra minha professora de geografia do primário ela ficaria tão empolgada que até pediria um trabalho e eu faria um resumo com gosto.

Acendi vários cigarros enquanto contava os segundos para sair do Brasil e entrar na Venezuela. Impaciente e inquieto, queria a estrada, era como se uma voz sedutora me chamasse, em sotaque castelhano: "*Jakesón, Jakesón. Jakesón*".

Poucas pessoas seguiriam viagem, entre elas duas famílias: a do Otacílio e a do Júlio. O primeiro era um sujeito alto, sério, burguês desconfiado, família estabilizada, carregava símbolos católicos, estava com a esposa; uma moça muito magra de nariz grande e fino, olhos claros, levava também a sogra e três filhos adolescentes, tímidos. Já o Júlio era um homem baixo, gordinho, alegre, delicado e simpático, de bermuda e chinelo de dedo, mal sabia o frio que passaria durante o percurso, funcionário público, sua mulher; uma moça bonita, não era magra, comedida e recatada, carregavam um bebê que devia ter menos de um ano. As duas famílias estavam indo à praia, apesar de estarem muito longe do litoral, Júlio já usava trajes de banho. Ele não suportava o tédio de Boa Vista e declarava em voz alta que alguma anormalidade deveria acontecer, uma catástrofe natural, um acidente ou algo que provocasse emoção naquele deserto. As duas famílias desceriam em Puerto Ordaz, assim como nós, e de lá pegariam um avião até a ilha Margarita. Por mais absurdo que possa parecer pra eles a praia do Caribe é mais acessível que o litoral tupiniquim, muitos rios e florestas dificultam a chegada por terra até a costa litorânea brasileira, levariam dias de barco e de avião é extremamente caro. Eu me contento com a poluída Praia Grande da baixada santista.

E aquela loira descabelada do violão que vinha de Manaus era suíça, a Leana, puxamos assunto, ela começou o trajeto de ônibus do Rio Grande do Sul, há três meses, e iria até Caracas na casa de um conhecido, não sabia falar português e falava mal o espanhol, pior que a gente, mas era o suficiente para desenrolar nas ideias. O ônibus tardava, uma voz no alto—falante se desculpava pelo transtorno, explicávamos para Leana as informações de comando. Ela como boa mochileira, sabendo que na estrada dependeria da solidariedade do próximo, se esforçava para nos entender.

Às oito o ônibus encostou, nossa passagem era de Manaus a Puerto Ordaz com parada em Roraima, o primeiro veículo era moderno e novo, seria óbvio que manteriam o nível, a viagem é mais longa e perigosa, porém mandaram um ônibus executivo velho, sem ar—condicionado, e com o chão sujo de barro. Abri a janela, uma tira de borracha no canto superior estava solta, a tirinha balançava batendo na minha cabeça, o estofado duro estava danificado e o banheiro inutilizável. Estava praticamente vazio com uns vinte passageiros no máximo. Logo que deu partida um barulho estranho ecoou do motor, sinal claro que daria problemas adiante e dali nos sentimos verdadeiros mochileiros, só faltava ficarmos sujos. Começava de fato a aventura peregrina. Eu tentava ler o livro "Memória de Elefante", de António Lobo Antunes, *aquele português cabeçudo escreve muito difícil, mano*. Me sentia burro, parecia que eu não compreendia a língua portuguesa, logo percebi que fiz uma péssima escolha para o momento, poderia ter trazido um livro mais leve, uma leitura que pudesse fluir enquanto pensava na vida no assento desconfortável. Dimas se debruçava nos seus livros teóricos sobre Marx.

Coloquei o fone no ouvido e segui observando o lado de fora, os lavrados, igarapés, rios, árvores, curtia minhas músicas no iPod: rap e reggae. A cada parágrafo do romance uma longa pausa para absolver o pesado conteúdo e contemplar a leve paisagem. Me enrolei no cachecol verde de lã e me cobri com o cobertor, me deitei sozinho no assento. A parte brasileira aos poucos foi ficando desinteressante, e uma hora a paisagem sova bucólica cheia de montanhas e quedas d'água. E por falar em água, veio uma chuva torrencial, havia goteiras no teto e começou a pingar dentro do ônibus, mudei três vezes de lugar para não receber pingos na testa, o som do motor aumentava. Esse coletivo tinha mais buraco que meu barraco.

A viagem foi ficando cansativa com frequentes paradas em pequenas rodoviárias, vendedores entravam oferecendo milho, sorvete e batata frita. E na estrada o pinga—pinga de gente que subia e descia no meio da rodovia, na real poucas pessoas estavam indo ao ponto final, esse ônibus cumpria a função de transporte entre as cidades fronteiriças. Um estado distante, na ponta do país, desassistido pelo poder público, fora das notícias do jornal nacional. Vivem no híbrido das culturas: brasileiras e caribenhas, a música que toca aqui foi sucesso há 20 anos no restante do país, a lambada contaminava as caixas de som dos comércios das cidadezinhas. Em determinado ponto o ônibus ficou lotado, as pessoas iam de casa para o trabalho ou para a escola. Não me aguentei ao ver mulheres idosas em pé, cedi meu lugar, elas não queriam aceitar, se pá pagam menos e se sentiam constrangidas em se sentar, algumas carregavam crianças no colo, eu e Dimas insistimos e depois de muito relutarem aceitaram.

Chegamos à última cidade brasileira, Pacaraima, com poucos passageiros a bordo. A cidade foi emancipada em 1995, conta com aproximadamente doze mil habitantes e é uma instalação de comerciantes dentro da reserva indígena de São Marcos. A sede da Prefeitura é um galpão de distribuição de produtos. O único atrativo da cidade é a Rua do Comércio. A energia elétrica e o único posto de abastecimento de combustíveis de Pacaraima vem da Venezuela. Os moradores da cidade dependem do país vizinho para aquecer o comércio do município e para o consumo de energia. Sem gasolina, o comércio e o trânsito param. Sem compradores venezuelanos, o comércio de Pacaraima para. Os serviços de transporte entre as duas cidades é feito por mais de noventa taxistas que cruzam livres a fronteira entre os países. A política local é comandada por latifundiários, ou seja, invasores de terras indígenas. A maioria dos ex-prefeitos possui extensa ficha criminal em seus currículos. Conflitos entre brancos e índios são constantes no norte do país. O lobby pela extinção da reserva de São Marcos move a política local. No congresso a bancada ruralista tenta avançar com pautas em nome da modernidade ainda que utilizando métodos coloniais.

Lembrei—me de uma frase dita nas ruas da leste:

> *Onde começa a fronteira*
> *termina o respeito.*

_ . _ . _

A nossa separação provocou uma cisão tão grande
que me sinto a margem da minha sombra
margem pra mim se tornou uma imagem
de rompimento materno
viver sem você é viver sem pátria
não entendo + as outras línguas

Caminhar solo, sem holofotes e olhares, mesmo despido.
margem é fronteira cimenta
e fronteira é um domingo: os outros dias
já foram curtidos.
é o sétimo criado por Deus pro descanso
fronteira não é morada é só uma pausa

Fronteira é uma agulha invisível que costura
o movimento da minha boca alterando até o meu andar
Atravessar uma divisa é como adentrar um portal má
um passo e tudo se transforma
A placa "sejam bem vindos" significa
"cuidado, aqui não é seu mundo"

margem é entre. Não é lá e nem aqui
Entre ser traficante na favela ou na Ásia
morrer baleado ou na pena de morte ou na tua esper

margem é estar entre Pacaraima
e Santa Elena de Uairén
A procura de alguém que possivelmente nunca este
Não sei se estou no caminho certo
Sei que com você não havia margem de erro.

Shutterstock/Matyas Rehak

Capítulo 3 - BOA VISTA

Tínhamos que trocar o dinheiro de Real por Bolívares, a cotação estava a quatro ponto nove, uns caras circulavam oferecendo o câmbio, não pareciam confiáveis. Estávamos em lugar nenhum, como dizem os soldados: esta é uma zona seca. Enquanto Dimas negociava eu planejava um modo de não sermos roubados: quebraria uma garrafa de cerveja na quina da calçada, com o braço esquerdo pegaria um carinha pelo pescoço e com a mão direita passaria a garrafa cortada em seu rosto, e falaria baixinho em seu ouvido que eu e meu amigo pertencíamos a facção criminosa Primeiro Comando da Capital, Dimas pegaria todo o dinheiro dele e dos demais cambistas, e fazendo-o de refém soltaríamos em uma distância segura depois. Cada um de nós trocou mil e quinhentos reais que se transformaram em um bolo de dinheiro, parecia que estávamos milionários. Ao almoçar percebemos que continuávamos pobres, uma refeição simples custou oitenta bolívares.

Sentamos numa mesa nos fundos do bar com as duas famílias e a Leana, ficamos ao lado de um casal de mulheres de meia idade, Elaine e Cintia, e na outra ponta um jovem com agasalho da seleção venezuelana que disse para não irmos a Caracas, pois era perigoso, que seríamos roubados ou até mesmo sequestrados. Medo? Medo é pra quem não vive a rua. Se isola em suas casas e condomínios com cercas elétricas e carros blindados. Medo? Pra quem anda nas ruas do Capão Redondo, Campo Limpo, Jardim Ângela na madrugada pelos escadões e vielas escuras em Guaianases, Cangaíba e Itaquera? Medo? Lógico que existe, mas seguimos o destino. Conversamos bastante como amigos em excursão escolar. Compartilhamos um refrigerante Baré. Uma das lésbicas, a Elaine, perguntou em tom confidencial se éramos gays.

Dimas espirituoso respondeu que artistas não se enquadram nessa questão binária. Brindamos a diversidade!

Fomos de ônibus por um curto perímetro até a alfândega para dar baixa na saída do país. Passamos pela Polícia Federal Brasileira, preenchemos um formulário, dois carinhas com coletes pretos escrito PF carimbavam os passaportes. Uma estrutura precária, pequena, aparentava pleno abandono. Demorou dez minutos. Seguimos de ônibus até a Venezuela, paramos na Saime, o serviço administrativo de identificação migratória estrangeira, um prédio maior e com mais cores, a edificação chegava a ser charmosa, se é que se pode achar charmoso um órgão criado para vigiar e punir.

A partir desse momento ficamos preocupados, perguntamos pra geral se tinham tomado as tais vacinas e a resposta foi positiva. O momento mais tenso até ali se aproximava, Júlio tentava nos tranquilizar e se comprometeu a negociar com os policiais caso necessário. Voltar pra casa seria um fracasso. Eu não teria coragem de dizer a verdade aos amigos e familiares. Aqui não tinha mais sinal de celular e muito menos de internet. Correntes de gomos grossos cerravam o portão.

Aguardamos a abertura em fila, tensão pra caralho, nervosismo e apreensão. Todos seguravam seus passaportes. Júlio se comunicava em inglês e em francês com Leana, ela ficou pasma quando soube que os nossos sobrenomes eram Jesus e ainda mais não sendo irmãos, aos risos dizia que em seu país não era comum ter o nome do messias. Júlio explicou que no Brasil é corriqueiro os pais não assumirem seus filhos e o escrivão do cartório registrar com Jesus os recém-nascidos preenchendo a ausência do sobrenome paterno, os sem pai, os bastardos, filhos do Espírito Santo.

Na hora exata a atendente chegou, era uma senhorinha pequena, gordinha, vestia uma roupa social azul e preta, e na cabeça um chapéu coco com um broche do seu país, balançava o molho de chaves fazendo um som de suspense, e sem nenhuma pressa chamava um a um numa sala exclusiva, carimbando os passaportes, conferindo os comprovantes. Conversava de modo feliz com os estrangeiros, até então todos estavam dentro da lei, nós, além das vacinas, carregávamos algumas gramas de marijuana muquiadas na bota. Entramos na sala, interrogou sobre o nosso destino, mostramos primeiro a carta convite do festival, ela segurou com as duas mãos, ergueu a cabeça, e falou em espanhol formal:

— *Ah, vocês são atores? Eu adoro as novelas brasileiras! Tenho o sonho de conhecer o Leblon. E um dia ainda vou passar o réveillon em Copacabana!*

— *A senhora precisa ir. O Rio de Janeiro é maravilhoso,* garantiu Dimas com a soberba de um malandro carioca. Ele nunca tinha visitado o erre-jota.

— *O seu rosto não me é estranho,* afirmou a senhora se dirigindo a mim.

Entrei no jogo dizendo que já havia atuado em diversas novelas de sucesso da Rede Globo. Ela se encantou afirmando que com certeza já tinha me visto na televisão, seguramos as cadernetas de vacina nas mãos, até que a noveleira tocou no ponto nevrálgico:

— *Vocês tomaram as vacinas?*

Respondemos juntos afirmativamente como dois comediantes de seriados sitcom, sentindo o corpo suar frio e a garganta secar. Nesse momento dois soldados passaram por nós, cumprimentaram a senhora e entraram numa sala.

— *É fundamental tomar a vacina com no mínimo 10 dias de antecedência, a febre amarela pode matar.*

E discretamente fomos guardando os comprovantes rasurados enquanto dávamos lentamente passos para trás, ela carimbou os passaportes, sorriu e nos desejou boa viagem.

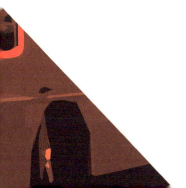

CAPÍTULO 4

SANTA

Ilustração/YAN Comunicação

LENA DE UAIRÉN

"Em límpidas águas, a clareza
Liberdade a construir
apagando fronteiras, desenhando
igualdade por aqui
Arriba, Vila!!! Forte e unida
feito o sonho do libertador
a essência latina é a luz de Bolívar
que brilha num mosaico multicor"

*Samba Enredo da Unidos de Vila Isabel,
Campeã do Carnaval de 2006*

Em torno de quinze minutos de estrada chegamos no centro da primeira cidade venezuelana, a Santa Elena de Uairén, capital do município de Gran Sabana, Estado de Bolívar, a dezessete quilômetros da fronteira. A língua nativa é o pemón, um idioma da família caribe, a maioria dos habitantes fala espanhol e português. Faltava aproximadamente oito horas até Puerto Ordaz. Paramos em uma alcabala de controle policial, desta vez um soldado do exército venezuelano encrencou, exibia músculos inchados e bronzeados como um boneco do Comandos em Ação, de longe nos avistou, destoávamos.

A polícia é racista e opressora em qualquer lugar, até mesmo num regime dito socialista. Otacílio afirmava que o país é mascarado de democracia, mas é militarizado, eles vivem uma ditadura, dizia isso enquanto tirava foto com iPhone. O que vimos foi uma chuva de policiais e pra eles somos iscas. O soldado de um modo pragmático marchou em nossa direção, portava um fuzil AK 47, a arma que mais mata no mundo, criada na União Soviética após a Segunda Guerra Mundial. "A" se refere a letra inicial de automática, "K" o nome de seu inventor o senhor Kalashnikov, 47 é o ano de fabricação. Também é a preferida dos traficantes dos morros cariocas.

O soldado requereu o passaporte somente dos homens, pegava e devolvia, porém os nossos ele pegou e segurou verificando dos demais passageiros. Ele queria encontrar irregularidades, cobrar propina ou era um defensor da pátria revolucionária. Eu nem queira imaginar o que ele faria se encontrasse algo ilegal nas nossas botas. Voltou pra perto de nós, mirou nos olhos negros de Dimas, olhou para a sua foto do documento, era recente tinha tirado para esta viagem, devolveu os nossos passaportes. Antes de descer do ônibus ele parou, com a expressão de um soldado russo com sangue nos olhos para matar, fez que ia voltar e nos fitou novamente esperando alguma ação repentina ou como quem deixava um recado: *Se vacilar eu executo vocês dois.*

O ônibus voltou a andar. Filas enormes nos postos de gasolina a maior parte das frotas dos carros eram de brasileiros. Depois de uns 20 minutos outra parada policial, desta vez tivemos que descer e abrir nossas malas e uma a uma nossas bagagens foram retiradas, com uma luva apalpavam os pertences, conferiram os documentos e novamente os questionamentos: *para onde vão e qual o motivo?* O enquadro demorou quase uma hora, o ônibus seguiu. Adiante lemos uma placa com os dizeres:

Atenção!

Você está entrando em território socialista.

Os olhos do Dimas brilharam ao ler as dezenas de propagandas chavistas nos outdoors na beira da estrada, saltitava em cima do banco como num gol em decisão de campeonato. Dimas acreditava na utopia socialista, porém não sabia que na Venezuela era assim. Mais a frente demarcações de terras indígenas com os nomes das aldeias em identificação destacada e caprichosa. Fizemos uma primeira parada em terras bolivarianas, desta vez para jantar. Descemos falando em portunhol, mas a comerciante era brasileira, respondeu com sotaque nortista. Nas proximidades da fronteira os dois lados têm semelhanças, há um trânsito frequente, essas cidades e vilarejos não refletem o ritmo e a cultura das regiões centrais de um país.

Após a refeição a Leana veio cerrar um cigarro. Éramos os três jovens mais empolgados do rolê, os demais vivem no norte, pra eles sem novidade, nós que ficávamos surpresos com os acontecimentos e as peculiaridades. Leana revelou que anda com o violão pra ver se aprende a tocar disse, que é como um namoro, onde a conquista é gradual, com as unhas grandes tirou um ré menor. Antes de dar partida o motorista mexeu no ônibus com uma única chave, fiz a cretina pergunta se estava tudo bem, ele respondeu em tom heroico que faria de tudo para chegar ao destino. A chuva nos acompanhava e cada vez mais forte, assim como o ronco do motor. Estávamos na Sierra Lema a aproximadamente dois mil e duzentos metros acima do nível do mar, muitas curvas, uma pista estreita, árvores quase invadindo a estrada. Essa região do norte do Brasil e sul da Venezuela tem o maior índice de queda de raios do mundo, que Iansã nos proteja.

No começo da noite a velocidade foi diminuindo, o declive era realmente grande, olhava para fora e via o penhasco, fechava os olhos para não ver o pior, me sentia num desenho do Pica-Pau que subia naquelas montanhas pontiagudas que não davam em lugar nenhum e depois voltava derrapando para se manter na pista. A água deixou de cair em gotas e passou a chover mesmo dentro daquela velharia enferrujada, arriando seguimos até acontecer o inevitável, quebramos no meio da tempestade noturna. E o motorista com apenas uma chave desceu na tentativa de consertar. Nenhum outro ônibus faria o resgate nas próximas vinte e quatro horas.

Costumo andar com um guarda-chuva na mochila, saquei e descemos, enquanto aguardávamos bolei um baseado, a Leana toda contente entrou debaixo para dar uns pegas, nós três nos apertamos na minha cobertura curtindo a sensação excitante de estar em lugar nenhum. Júlio colocou a cabeça para fora da porta e limpando os óculos com a camiseta contou a história da Pedra Virgem, um monumento que estava atrás de nós. Disse que tem esse nome porque durante a construção da estrada tentaram dinamitá-la, mas não conseguiram, por ser uma rocha resistente. No entanto, outras pessoas na área dizem o nome é devido o seu contorno ter um desenho que se assemelha à Virgem Maria. Puxei, segurei, brisei nas profecias e tudo que há de simbólico e sobrenatural na natureza.

Voltamos para o ônibus e não percebemos a hora que voltou a funcionar, acordei algumas vezes durante a noite, uma chuva torrencial, a escuridão predominando, e eu relaxado sob o efeito alucinógeno da verdinha ocupava dois assentos largadamente.

O ônibus continuava a fazer paradas improvisadas no meio da noite para pegar novos passageiros. Numa delas desci e caminhei no meio do breu, o único ponto de luz vinha de um grande barracão improvisado. Ali uma família vendia café, leite, bolos, lanches e bolachas. O barracão estava lotado por conta dos três ônibus que se enfileiravam, uns cinquenta estômagos disputavam a atenção da família no balcão. Pedi um café e um pão de mel, a moça só me entregou o café. Um senhorzinho com chapéu de palha segurando uma sacola com ferramentas de mineração pôs a mão em meus ombros e explicou que aquelas bolachas caseiras chamavam-se catalinas, e eram uma delícia. Então pedi uma catalina e fui atendido. Nessa vida a gente sempre precisa de um ombro desconhecido.

Levantamos ainda sonolentos com a tremulação do asfalto esburacado da entrada da rodoviária, era o nosso ponto de desembarque. Retiramos as bagagens de mão, nos jogamos sem despedirmos da Leana. Dimas voltou e deixou uma ponta no bolso de sua blusa enquanto dormia profundamente. Na fila para recolher as malas, um moleque branco, magro, como uma fala que lembrava atendentes de telemarketing, que nem sequer havíamos visto na viagem, disse que todos iriam para o hotel xis. Não estava em nossos planos ir a hotel, ficaríamos na rodoviária até amanhecer, como fizemos até então. Mas o moleque, não sei se trabalhava para os taxistas ou se era um pilantra, falava que não se podia ficar ali pois era perigoso, nos convenceu com a persuasão de vendedor chato, que você aceita só para calar a boca. O tal roteiro consistia em pernoitar no hotel e pela manhã partir pro aeroporto, assim todos fariam.

Contrariados entramos no táxi e ao dar o nome do hotel o taxista mostrou estranheza, explicou que não era um bom lugar e que poderia nos levar para uma hospedagem melhor, mas como não tínhamos muita grana e também iríamos com o pessoal, negamos. Lá talvez pudesse rolar uma festa ou uma reunião para combinar o roteiro do dia seguinte. Só nós dois fomos para a merda do hotel.

O taxista nos ajudou na comunicação com os dois recepcionistas impacientes que não nos entendiam e ficaram indignados porque não falávamos o castelhano; o motorista combinou de voltar no outro dia para levar-nos ao aeroporto. Merecíamos um banho. No quarto pequeno e mofado a água do chuveiro era rala e fria, a televisão não pegava direito, chiava, deu uns pipocos e em poucos minutos pifou de vez.

A cidade de Puerto Ordaz ainda pertence ao Estado de Bolívar, ao nordeste da Venezuela. Junto com San Félix formam a zona urbana denominada Cidade Guayana, local predominado por empresas de minérios e hidrelétricas. Decidimos sair para tomar uma cerveja antes de dormir. Sabendo que poderíamos ficar por algum tempo na cidade, ainda no Brasil, pesquisei na internet para ver o que tinha pra curtir e apareceu: *Puerto Ordaz, a capital do silicone!*

Vídeos com mulheres de seios postiços, muita maquiagem, várias baladas de música eletrônica, diversão, putaria e nada de cultural.

Na saída do hotel olhamos pra baixo, a rua escura e deserta, e pra cima avistamos um único bar aberto. Encostamos, na portaria um senhor negro alto com cara de cubano, estilo social club, sentado, nos cobrou a entrada sorrindo. Tínhamos pouca grana e ficaríamos ainda muitos dias no país, mas não possuíamos energia para debater um desconto ou forçar a entrada na faixa. Pagamos e entramos. Pedimos uma bebida, nas caixas de som rolava cumbia. Garotas de minissaias dançavam nas mesas no estilo pole dance, uma delas se aproximou, puxou assunto, respondemos de forma negativa apenas com gestos para não entregar a nossa nacionalidade, emburrada se afastou. Voltamos a conversar a pé do ouvido.

Ela ficou na espreita e ao ganhar que éramos gringos seus olhos se acenderam, malandramente se deslocou até o karaokê e criou uma playlist com músicas de Alexandre Pires em espanhol. Ouvir pagode romântico em língua enrolada era engraçado, parecia *Coisas do destino*, e começou a rebolar, tentava sambar sem nenhum swing enquanto cantava "*Amame*" do pagodeiro mineiro, dizia gostar dos morenos. "*Vem aqui doce amor, ajude*

Shutterstock/manjagui

a mudar esse destino. Salva-me por favor que eu tenho um coração partido em dois", dublou em uma coreografia sensual à la cabaré de novela mexicana. Tente imaginar as nossas caras, a gente se olhava, levantávamos as sobrancelhas concordando com em pensamento, encostamos no balcão e pegamos outro drink, *só pra contrariar*. Perguntou se poderia tomar uma bebida na nossa comanda. Como não nos deram o menu, podiam cobrar quanto quisessem, não sairia barato. Nessas horas você fica sem resposta e dizer não soaria muito grosseiro. Ela abriu o decote e se debruçou no bar deixando a mostra o biquinho do seio, *eu posso enlouquecer e mesmo sabendo o quanto me custa. E que seja bendita, essa necessidade.*

Ela queria fazer um programa com nós dois, de uma vez. Dimas consultou o preço, aceitava em dólar, se dizia profissional da massagem sexual, pediu mais de dois mil bolívares, até o bar man, que era português e certamente o dono ou gerente da bagaça, se indignou com o valor, assim poderia perder os clientes, ela rebateu e os dois se estranharam por um pequeno momento. Pela situação ela levantaria a grana de toda a semana. *E depois do prazer?* Não havia muitos clientes naquela noite. No fundo uma mesa com uns caras bem alterados, naipes de vagabundos, cada um com duas garotas no colo, acenaram como um sinal de boas vindas, mas evitamos ideia torta, não estávamos no nosso território. No teto um globo e luzes de neon induziam a vertigem.

Bebíamos tentando desenrolar sobre as impressões da viagem e esboçar o roteiro dos próximos passos, uma pá de assuntos pra tratar, mas a moça insistia, *Tira essa mulher de mim, tira do meu corpo essa sensação,* querendo sugar o nosso suado dinheiro. Tínhamos que ter cautela pois atrás do balcão circulava o português, esses colonizadores não gostam de brasileiros, ele compreendia o idioma, se pá era um mafioso, dado que mexia com prostituição, seria capaz de armar uma emboscada pra gente. Português até então pra mim era somente dono de padaria, *aqui nada é igual*. Dimas pra quebrar o clima e pra afastar a zica contou uma piada pra ele:

O português resolveu ir ao médico para ver se a dor na bunda parava. Foi receitado uma injeção. Ele medroso perguntou:

— *Vai doer doutor?*

O médico respondeu:

— *Agora vai doer um pouco, mas mais tarde não.*

Contente o português respondeu:

— *Então eu volto mais tarde.*

O Portuga sorriu balançando a cabeça e buscou mais três cervejas. Tentávamos explicar para a moça que nós éramos brasileiros, porém não tínhamos grana *(aqui é favela!)*. E ela segurava em nossas mãos e cantava: "*Estou fazendo amor com outra pessoa, mas o meu coração*" com as unhas grandes e roxas arranhava nossos tórax e com a linguinha enrolada, piscava os olhos, como se tivesse entrando um cisco. *Aí eu me afogo no copo de cerveja*. Insistia no mineirinho para ver se comíamos quietos. Ela se esfregava, o coração fazia *bum, bum, bum*. Ela dançava com um salto extremamente alto em cima do balcão, nós dois também estávamos alto. Foi aos poucos tirando a roupa, peça por peça, começando pela calcinha, mostrando a sua vagina depilada.

E aí, *o que eu vou fazer com essa tal liberdade?*

CAPÍTULO 5

Ilustração/YAN Comunicação

me surpreendo muito em
saber que eles estavam aqui

Jennifer Kennedy, Lenin,
Muhammad e Joseph Smith

César e Napoleão saíram das chamas

porque eles eram a mesma pessoa
que agora é um tal Obama

eu não entendi nada
perguntei por Cristo

e notei que eles se divertiram porque
ninguém tinha visto

outros disseram que era
um truque de sua igreja

para governar o mundo com sua
majestosa empresa

Shans Rosell e Washington,
José de San Martin e Gandhi

Cristovam Colombo, Isabel da
Inglaterra transformada
em cadela nua

eu até sabia que eles
eram Bolívar e Buda

És épico, CANSERBERO (rapper venezuelano)

Subitamente saltamos da cama após repetidos golpes na porta, Dimas se armou com o abajur e se posicionou de frente, eu encostei no canto da parede segurando uma mesinha, estávamos prontos para golpear as cabeças dos invasores. Era o recepcionista do hotel dando socos violentos na porta tentando nos acordar, após diversas tentativas pelo interfone. Estava impaciente e nos ofendendo em seu idioma. O taxista que nos levaria até o aeroporto estava na portaria há mais de trinta minutos.

Nos arrumamos ligeiramente recolhendo de qualquer jeito as nossas roupas e socando na mala. Fui até o hall de entrada enquanto o Dimas terminava de se trocar, olhei para a saída e reparei que não era o mesmo motorista de ontem a noite. Me aproximei. Disse que não era com ele que havia combinado, explicou que o seu amigo teve um imprevisto e passou o serviço. Os recepcionistas do hotel estavam raivosos. Não paravam de resmungar.

Dimas saiu do quarto, avisei da troca de motorista, o presságio de uma emboscada existiu, mas mantivemos a postura e estávamos tensos para um eventual confronto corporal. Devolvemos a chave com vontade de tacar na cara deles e dizer que aquilo não valia nem um bolívar, *seus arrombados*! O chofer, assim se denominava o taxista, prestativamente nos ajudou com a bagagem, seguimos pela via norte sul até a avenida Guayana.

Desenrolamos nas ideias naturalmente, era bem cedo então estava tudo fechado, não vimos o funcionamento da cidade, uma via larga com canteiros decorados com árvores. Nos deixou no Aeroporto Internacional Manuel Carlos Pila. No guichê solicitei duas passagens para o dia de hoje com destino a Caracas, sem mexer o rosto a atendente respondeu algo num espanhol rápido que não pude entender, no portunhol tentava explicar, mas era algo como não tinha ou não posso vender. Ela chamou o próximo e me deixou de lado, nos direcionamos para outro guichê numa fila maior, imaginei que estava na fila errada.

Novamente a atendente não nos vendeu as passagens. Tive a terrível sensação que não conseguiríamos sair daquele lugar. Um gelo desceu pela espinha indo até as pontas dos pés se contraindo, minha boca secou, não era capaz de argumentar, emudeci. O pânico se manifestava no tremor das minhas pernas e braços. Ainda nem chegamos. Recusaria voltar pra casa ou ter que dormir mais dias no meio do caminho, já conseguia ver o momento em que Dimas sairia chutando tudo descontroladamente como costuma fazer quando algo dá errado. Apesar de ser um aeroporto internacional era pequeno. A cidade não é turística, e a maioria dos voos pelo que notei são domésticos não estavam acostumados com estrangeiros.

Até que apareceu Carlos, aparentava ter seus quarenta anos, usava camisa polo vermelha, acompanhado de dois filhos pré-adolescentes, se compadeceu com a nossa dificuldade na comunicação perguntou da nossa origem e calmamente ofereceu ajuda, pegou em nossos braços e seguimos até o guichê, exigiu que a atendente vendesse duas passagens para o nosso destino e ela facilmente vendeu. Têm umas fitas que não dá pra entender. Carlos nos levou até o guichê em frente e pagamos uma pequena taxa de embarque, despachamos as malas e entramos, o avião sairia em poucos minutos. Carlos, em tom confidencial, revelou que era socialista, que gostava do Brasil e respeitava o presidente Lula, seu tom pedia cumplicidade, como se fosse proibido dizer aquilo naquele lugar. Não estávamos em território chavista. Sem discursar nos passamos por petistas.

Na área de espera avistei o avião e o nome da empresa aérea me chamou a atenção: República Bolivariana. Peguei o cartão para confirmar o voo e era esta mesma a empresa. Dimas se encantou e eu me emputeci. Avião público e comunista? Tudo que é público no terceiro mundo é precário, e tudo que é comunista é bagunçado, a cada mudança no voo eles devem fazer uma assembleia para tomar decisões, mano isso não vai dar certo. Che Guevara deve ter andado nesta aeronave. No desespero nem escolhemos a empresa. No caminho até a entrada do avião, Carlos comentou que seus filhos também eram artistas, estudavam violino e trompete, afirmou que a cultura é um instrumento para a transformação social, que acompanhava o crescimento do fascismo no mundo com muito temor, e que o chavismo estava sendo a resistência contra o império americano.

O interior da aeronave se diferenciava dos formatos tradicionais capitalistas, as aeromoças eram senhoras e estavam sem maquiagens de bonecas, fora do padrão convencional, mulheres e homens acima do peso, e não falavam com educação superficial. O piloto deu as instruções com voz grave, baixa e rouca como se fosse o último discurso que faria na vida, falou apenas no seu idioma. O combate ao imperialismo está em todos os meios e formas. Deu partida, parecia um carro muito velho, que só pega aos trancos, rezei por todos os deuses e orixás, crescia o barulho do motor estrondoso como uma bomba, eu que voava pela primeira vez, aliás, agora a segunda, em um curto período, não queria passar por aquela situação sem ter superado a primeira. Não botei fé que conseguiria alçar voo, mas foi, aos solavancos, ganhando altura, e o som aumentando, eu pensava, essa merda vai explodir. Suava. Dimas dormia. Folheei um jornal para distrair. Pedi um copo d'água para acalmar. Pela janela eu não acreditava no que via, um imenso clarão em minha visão turva, era o mar do Caribe. O comandante anunciou:

— *Tripulantes preparar para aterrissagem.*

Tinha até esquecido que teria que descer, e o medo retornou ainda mais forte quando o piloto fez uma curva inclinando o avião em direção a praia. O impacto no solo foi tão grande que as gritaram crianças apavoradas. Ao finalizar o pouso todos aplaudiram o piloto. Eu mal conseguia respirar, não tive energia e nem era criança para poder gritar ou comemorar, mas internamente agradecia ao nosso Senhor pela graça alcançada e a Nanã pela sobrevivência. Desembarcamos no Aeroporto Simon Bolívar, em Caracas.

Carlos, preocupado, nos acompanhou a uma tenda que vendia cartões telefônicos para ligarmos pra produção do evento, compramos vários, ele se ofereceu para auxiliar no diálogo, agradecemos mas dispensamos. Dissemos que não seria necessário, a produção estaria nos aguardando no desembarque, precisávamos retirar nossa bagagem e acessar a internet. Antes de sair procuramos uma área de wi-fi livre para dar um sinal de vida a família e amigos. A lentidão era tanta que só foi possível fazer uma única e pequena postagem com a nossa localização. Enquanto isso no corredor, assistíamos de camarote o desfile das Misses Universos:

mulheres magras, claras, maquiadas, turbinadas, cabelos longos e alisados. Pegamos as malas, conferiram o cartão de bagagem, e passamos pela porta automática. Diferente do norte, o forte calor vinha acompanhado do mormaço da praia, e a primeira imagem que avistamos ao longe foi de uma lanchonete do MC Donald's, e esbravejei:

— *Porra, eu não vim com meu Nike!*

CAPÍTULO 6

Shutterstock/Janusz Pienkowski

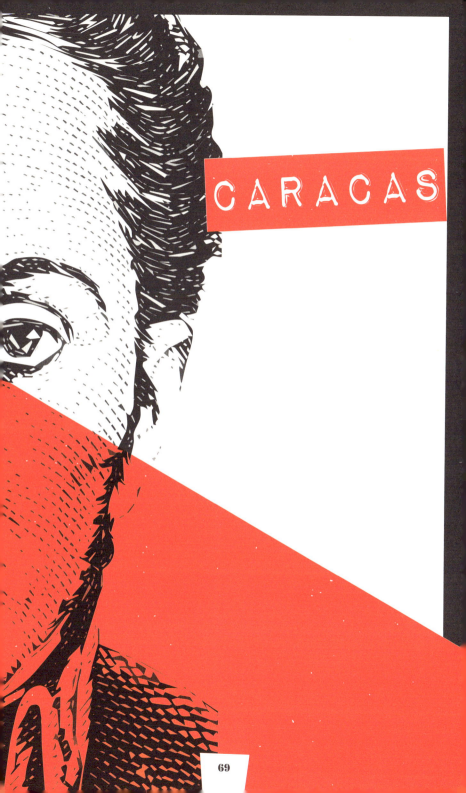

"Para que as pessoas possam ter três refeições diárias na América latina, há que se fazer uma revolução"

Hugo Chávez

Sentamos em cima das nossas malas na calçada do aeroporto enquanto pensávamos no que fazer. Taxistas tentavam laçar os clientes com seus carros grandes e luxuosos aos gritos como única e segura opção. Dimas voltou pela terceira vez ao desembarque para verificar se havia alguém da produção do evento nos aguardando. O cara que viria nos buscar poderia ter ido ao banheiro ou se atrasado, ou... Na véspera enviei um e-mail com o número do nosso voo. Tentamos usar os cartões telefônicos, mas não conseguimos fazer as chamadas. Dezenas de pessoas segurando plaquinhas com nomes dos passageiros e de serviços de translados, nenhum era o nosso. Esperamos por alguns minutos e caímos na real que ninguém nos buscaria. Estávamos em Caracas e tínhamos que chegar a Valência.

Caracas, a capital federal da República Bolivariana da Venezuela, fundada em 1567 pelo espanhol Diego de Losada. Recebeu este nome de Colombo que brisou achando que estava em Veneza.

Em 1812 Caracas foi destruída por um terremoto, que as autoridades locais julgaram como uma punição divina pela desobediência dos nativos à coroa espanhola. Simón Bolívar respondeu com a frase:

— *Se a natureza se opõe à independência, lutaremos contra ela e faremos que nos obedeça.*

Simón Bolívar, o Libertador nasceu em Caracas, no ano de 1783, de família aristocrática e de formação intelectual iluminista, era um *criollo*, ou seja, branco nascido na América. Estudou na Europa e aprendeu francês. Foi político e militar. Formou um exercício com apoio internacional para a libertação de vários países da América

Latina como a Colômbia, Panamá, Peru, Equador, Bolívia e Venezuela.

É considerado um herói mítico e qualquer crítica à história oficial do Libertador pode ser interpretada como um repúdio à pátria. O espírito bolivariano paira sobre as cabeças de líderes e dirigentes cujo princípio de atuação é considerado exemplo a ser seguido, tanto para a direita quanto para a esquerda. Bolívar afirmava que a união do Estado só podia ser feita através de um poder permanente e vitalício. Morreu derrotado em 1830, sem ver seus projetos realizados.

Bolívar é um dos homenageados na Copa Libertadores da América, juntamente com Tupac Amaru, do Peru, José de San Martin, da Argentina, Gaspar Francia,

do Paraguai, Bernardo O'Higgins, do Chile, entre outros. A gente acompanha o futebol e nem tava ligado nessas fitas, aprendi essas e outras histórias nesse rolê.

A independência do Brasil foi proclamada com o grito do Ipiranga por Dom Pedro I, mas diferente dos demais países que ao se libertar da colônia se tornaram república nós continuamos na monarquia, tipo não mudou nada, trocaram seis por meia dúzia. As histórias da independência dos países da América do Sul foram sangrentas e na Venezuela um dos lugares onde o barato foi mais louco.

O país era conhecido no século XIX pelo apelido de o *Grand Cacao*. A custa do trabalho de negros a oligarquia escravista enriqueceu abastecendo de cacau o México e

Espanha. Nesta mesma pegada veio o café e os dois produtos deixou a nação condenada a variação de preços internacionais, alimentavam a economia de seus poucos donos. Mais de oitenta por cento da população era rural.

No começo do Século Vinte, a Venezuela ainda era um país agrícola, despovoado e pobre. Quando Juan Vicente Gomez assumiu a presidência por um golpe palaciano em 1908, seu primeiro ato foi pedir proteção militar norte-americana para estabilizar o governo. A contrapartida foi abrir o país ao capital estrangeiro. Já tinham descoberto petróleo, mas foi somente com a exploração de empresas britânico-holandesas, em especial a Royal Duth Shell, que teve início uma grande operação pra encontrar novos e profundos poços.

Lembrei-me de uma frase do Eduardo Galeano que Dimas sempre repetia:

Na América latina o normal: sempre entregam os recursos em nome da falta de recursos.

Em 1920 um poço perfurado pela Shell no Lago de Maracaibo passou a jorrar um volume de mil barris por dia. O país praticamente abandonou a agricultura e centralizou sua economia no petróleo. Em pouco tempo se tornou o segundo maior produtor mundial, abasteceu mais da metade das forças Aliadas na Segunda Guerra Mundial. Uma junta militar governava o país após a morte natural de Gomez. Em 1952 foram convocadas eleições e a oposição venceu largamente. Mas o general Pérez Jiménez não reconheceu o resultado das urnas e se autoproclamou presidente.

Tem início a ditadura de fato, com a volta da tortura, das prisões arbitrárias, perseguições políticas. Governou a mão de ferro de 1952 a 1958, construiu vistosas e faraônicas obras públicas modernizando o país como o teleférico de Caracas, o Hotel Humboldt, a autopista Caracas La Guaira. Depois fugiu para a Espanha se aliando ao ditador Franco.

A riqueza da Venezuela vinha de seu subsolo e se tornou o principal instrumento da sua servidão política e degradação social. Na década de setenta criaram a empresa Petróleo da Venezuela S.A, a PDVSA, como a nossa Petrobrás. Nesta época foi um dos países mais ricos do planeta e contraditoriamente o mais violento e com mais pobres. Nenhuma nação do mundo bebeu tanto uísque escocês.

O negócio do petróleo está nas mãos de um cartel poderoso e a manutenção de sua estrutura criminosa implicava o domínio de países através da infiltração nos seus governos financiando conspirações palacianas e golpes de Estado. A intromissão estadunidense na política interna da Venezuela aconteceu durante todo o século vinte até o início deste.

O país tem a maior reserva petrolífera comprovada do mundo. A economia baseada na renda do petróleo corresponde a noventa por cento dos investimentos do poder público. As oscilações nos preços internacionais afetam diretamente a vida do povo, produtos básicos como alimentos e insumos são importados. O país possui reserva de dólares em bancos no exterior para aquisição de itens de consumo. Quando o preço do barril está baixo faltam mercadorias nas prateleiras dos supermercados e das farmácias.

Tudo que sobe uma hora desce e a era de ouro venezuelano acabou no final dos anos oitenta. O país afundava numa crise aguda gerando desemprego e fome. Em resposta ao pacote de medidas econômicas do governo de Pérez, entre elas o aumento das passagens do transporte coletivo, a população pobre, a maioria estudantes, se revoltou saindo às ruas saqueando, depredando, fechando vias, ateando fogo nos ônibus e nos comércios. A rebelião ficou conhecida como El *Caracazo*.

Este episódio resultou em um verdadeiro massacre deixando mais de mil vítimas fatais. Com o Caracazo a Venezuela saiu do pedestal de Miami e fincou os pés na realidade latino-americana.

Com a ação truculenta e cruel das Forças Armadas no Caracazo há uma divisão interna no exército e o tenente-coronel paraquedista Hugo Chávez revoltado com essa fita errada cria com os seus parceiros o Movimento Bolivariano Revolucionário, o MBR 200, fazendo menção ao bicentenário da independência. Anos depois conspiram contra o poder tomando uma das importantes bases aéreas Francisco de Miranda, de Caracas. A adesão não foi expressiva e depois de horas de negociação Chávez resolve se render com a condição de fazer um pronunciamento à nação. Num curto e emocionante improviso denunciou as injustiças em rede nacional. E esses quinze minutos de fama foram suficiente para que o povo o visse como a pessoa mais confiável para dirigir o país.

Até então seu discurso era antipartidário, antipolítico, sob pressão de seus aliados ele muda de ideia e se lança como candidato alterando o nome do partido para Movimento Quinta República, MVR. Em 1998 vence as eleições.

No ano que assume o governo, em 1999, cria uma nova constituição mudando o nome do país de República da Venezuela para República Bolivariana da Venezuela.

Reconhece os direitos indígenas, os direitos ambientais, e amplia os conjuntos de direitos sociais.

Recebeu o apoio de várias lideranças no primeiro mandato como, por exemplo, de Jair Bolsonaro que em entrevista ao Estadão afirmou que Chávez era uma das esperanças da América Latina.

A pobreza entre os venezuelanos caiu de cinquenta por cento, em 1999, para vinte sete por cento, em 2010. Em 1998 havia mil seiscentos e vinte e oito médicos. Em 2008 subiu para dezenove mil quinhentos e setenta e um.

A maior parte das políticas públicas e programas sociais, chamados no país de Missões, implantados por Chávez, foram resultado direto da venda média de três milhões de barris diários, dos quais, dois terços, iam, ironicamente para os rivais, filhos do satanás, Estados Unidos da América. Enquanto uns vendiam a alma para o diabo a Venezuela vendia óleo. Chávez anunciava a revolução socialista ao mesmo tempo em que banqueiros e importadores ganhavam muito dinheiro.

Quando se mexe nos privilégios dos ricos eles não deixam barato. A direita aqui é fascista vai as manifestações armada. Aqui os sinais foram trocados. É a direita quem, aos olhos da população, representa a instabilidade e o desrespeito às leis definidas pela maioria.

— *Tamo em Caracas, caraio!!!!*

Nos informaram que para chegar ao destino teríamos que primeiro ir até o Terminal Bandeira para daí tomar outra condução, o táxi luxuoso custava duzentos bolívares. Todo lugar tem esquema. Perguntei no guichê se não haveria outro modo de chegar e a atendente deu a letra de que tinha um micro-ônibus que nos deixaria no metrô e de lá chegaríamos no Terminal. Custava apenas cinco bolívares, dinheiro economizado é dinheiro ganho.

Pegamos o micro-ônibus junto com turistas de várias partes do mundo e seguimos um percurso de Maiquetía, pela via Autopista Caracas, por uns trinta quilometro, até o centro. Passamos por favelas e praias que se assemelhavam ao Rio de Janeiro, lembrei que o carinha do ônibus disse que seria perigoso vir pra cá, mas tirei o celular e bati umas fotos das paisagens. O motorista e os passageiros me olhavam com um certo repúdio misturado com estranheza, mas eu sabia o que fazia, quanta neurose, nós só estávamos na cidade mais violenta do mundo.

Vimos o trânsito caótico de Caracas, carros buzinando e circulando por direções oblíquas em alta velocidade sem placas, sem faixas, sem sinalização, como se não houvesse lei de trânsito. Comidas típicas eram vendidas nas ruas, me deu vontade de descer e dar um rolê a pé, mas tínhamos o compromisso e as bagagens estavam no porta-malas do micro-ônibus. Andar com malas no centro é pagar pra vacilar, e a violência que tanto se propagavam poderíamos vivenciar a qualquer instante.

Paramos no centro, próximo a uma estação de metrô, um lugar tumultuado como toda região central das metrópoles. Trombadinhas, trapaçarias, truques, tombos e os tais taxistas perguntando para onde iríamos e esticando o braço para pegar as bagagens. Quando se está com malas é impossível esconder que está viajando, aceitamos a oferta de um táxi que cobrou cinquenta bolívares, dentre vários carniceiros, era um carro mais antigo, tipo um landau chavoso, amarelo, abrimos os vidros e esticamos os braços para fora. Gastamos somente cinquenta e cinco dinheiros, economizamos cento e quarenta e cinco. O senhor taxista iniciou uma conversa, como era velho não tememos, a princípio, uma tentativa de sequestro. A não ser que estivesse armado.

— *De onde vocês são?*

— *São Paulo*! respondemos em coro. O senhor fez uma expressão exagerada contraindo a testa como uma careta quando se ingere um líquido ruim, uma pequena pausa, talvez como se fosse vasculhar em sua memória cansada.

— *Conheço Roma, Lisboa, Barcelona*, nomeou os lugares que visitou com orgulho. E perguntou mais uma vez o nome do nosso país.

Explicamos que ficava no Brasil, demonstrou indiferença e só quis saber da nossa moeda. Mostrei uma nota de dez reais e o Dimas sacou uma moeda de um centavo da carteira. Expressou uma curiosidade de colecionador, ele deveria ter uma pasta com moedas antigas de várias nacionalidades. Reparei que em determinado momento ele estava andando em círculos e perguntei se já estávamos próximos, em português, e ele entendeu que eu queria um caso amoroso com ele, tipo, estávamos próximos e poderia rolar algo. Eu estava sentado no banco da frente, ao seu lado. Ele fechou a cara, resmungou, parou de falar, me olhou, fez que ia se distanciar, mostrou a aliança como se dissesse: sou heterossexual e comprometido. Segurei a vontade de lhe dar um sacode e descer sem pagar. Era um pobre idoso. Pausadamente expliquei que queria saber se estávamos chegando ao destino combinado e só assim entendeu e disse que não estava dando voltas desnecessárias para nos cobrar mais caro, o caminho era o único que dava mão e o tráfego fluía, mas não tirou o sorriso dos lábios. Dimas com as duas mãos na boca tentava conter a gargalhada, e me deu várias tapas na cabeça para me irritar e aloprar.

Antes mesmo de chegar ao Terminal Bandeira, o carro ainda em movimento, a cena se repetia, vários malucos perguntando onde iríamos, fui ríspido e indiferente com um deles, o clima soava mais marginal, fechei a cara disposto a arrumar treta, e o mesmo já se acalmou mudando o tom e perguntando se precisávamos de táxis. Mais táxi? Não existe outro meio de transporte nesse país? Queria entrar no Terminal para comer e conhecer mais um lugar. Em São Paulo não pegamos táxi para nada, íamos a pé, de ônibus, trem, metrô, dormíamos na rua se fosse preciso. Estávamos em outro país, éramos estrangeiros, não tínhamos opção. Negociamos o valor num portunhol malandreado, gingando para não passarem a perna em nós.

Nem entramos no Terminal e já aceitamos a proposta do negociador, o carro estava do outro lado da avenida, não avistamos nenhuma faixa de pedestre e os carros desciam velozes e furiosos pela larga avenida Nueva Granada. O rapaz novo e magro, um típico latino de periferia, pegou parte de nossas malas e foi atravessando o trânsito, erguendo a mão para que os carros parassem, seguimos o mano, mesmo sem pensar, não sabíamos quanto custava uma passagem de ônibus, mas o táxi sairia naquele horário e estávamos com pressa de chegar em Valência.

Cobrou antecipado, pagamos. No carro, foi eu e Dimas, uma garota na frente, um homem grandão do lado esquerdo do passageiro. Saiu derrapando e cantando pneu, cortando caminho pelo acostamento, entrando em postos de gasolinas, cavando espaço, ele achava que levava seus amigos e não passageiros. Não tínhamos noção da distância de lá até Valência, era longe, não comemos nada desde Puerto Ordaz, isso para um homem taurino não é nada bom. No meio do trânsito ambulantes vendiam umas torradas doces, típica da região. Ah, vamos comer algo local, comprei um pacote e compartilhei com os demais no carro.

Já tinha perdido a noção de tempo. Me sentia um peregrino no caminho para Santiago de Compostela, ou os romeiros da Aparecida do Norte na Via Dutra. Estaria eu pagando penitência por não ter acreditado no socialismo? O milagroso Chávez absolveria meus pecados se chegasse sã e salvo em Valência? Ficamos em silêncio na primeira meia hora de viagem, os três conversavam sobre assuntos banais, o motorista se engraçava com a garota que correspondia. E do lado de fora observava as placas com dizeres sobre o bolivarianismo, propagandas do governo, algo parecido com agro sem negócio, obras do socialismo, e muitas imagens de Chávez. O motorista notou algo estranho no nosso silêncio.

— *E vocês dois são gringos?*

— *Gringo o caralho! Nóis é periferia, maluco!* pensei.

— *Sim*, respondemos em tom grave e volume baixo.

De onde? Perguntou olhando pelo espelho do retrovisor, tinha um olhar canalha e o bigodinho fininho, esse poderia ser um bandido, não tínhamos quase nada de valor, mas ele não sabia disso, temos a nossa dignidade além da vida sofrida na periferia. Não falei o nome da cidade fui direto ao país pra evitar o constrangimento. Ficaram surpresos com a resposta. Como se girasse a chave da alegria o clima ficou mais leve. O taxista se apresentou esticando a mão: prazer Nelson, a moça: Antonela e o grandão: Juarez. Eles não têm muita relação com o nosso país e nem nós com eles, com o acolhimento e a descontração relaxei e vi que não seria neste carro que ocorreria o sequestro. Aos poucos ficamos mais a vontade. Iniciamos uma ideia normal. E de repente, depois de muito me segurar, toquei no nervo e perguntei:

— *E Chávez?*

Uma euforia tomou conta do carro e começaram a gritar: *Chávez! Chávez! Chávez!* E a bater no teto, na lataria do veículo e buzinavam em festejo. Era como se estivéssemos indo para Itaquera em uma Kombi velha lotada de gente gritando: Vai Corinthians!!!

E repentinamente Antonela disse:

— *Eu não.*

Pausa longa. Os outros dois homens ficaram calados. E eu não sabia onde enfiar a cabeça.

— *Como não?* Intimou Juarez.

— *Eu sou uma mulher feminista revolucionária, porém não chavista!*

Um breve silêncio de indignação imperou no automóvel. Juarez que era fisicamente muito semelhante ao Hugo Chávez, inconformado, iniciou um discurso eloquente mostrando que a moça não tinha nenhuma razão para ter aquela opinião e que era inconcebível ser revolucionária na Venezuela e não ser chavista, iria contra a revolução que libertou o país, a maior depois de Simón Bolívar. Antonela tentou argumentar expondo suas opiniões contrárias ao regime que julgava opressor e machista, porém o rapaz a silenciava, elevando o tom de voz chegando a ser ameaçador. Ela segurou o choro e desistiu de falar.

A tese de que na Venezuela se discute mais política mais do que futebol se mostrava verdadeira. Me senti covarde por não ter defendido a moça, não dominava o idioma, estava no meio da estrada, não sei, nem o Nelson que estava xavecando a mina tentou mediar, ele ainda concordava com o Juarez. Seguiríamos calados até o final da viagem durante aproximadamente duas horas. Pra tentar quebrar o clima Nelson nos presenteou com um santinho do presidente Hugo Chávez, mas antes de entregar ele deu um beijo na imagem, e Juarez reverenciou como se estivesse me entregando uma imagem de um santo padroeiro. Todo viajante carrega consigo um amuleto e esse seria o nosso.

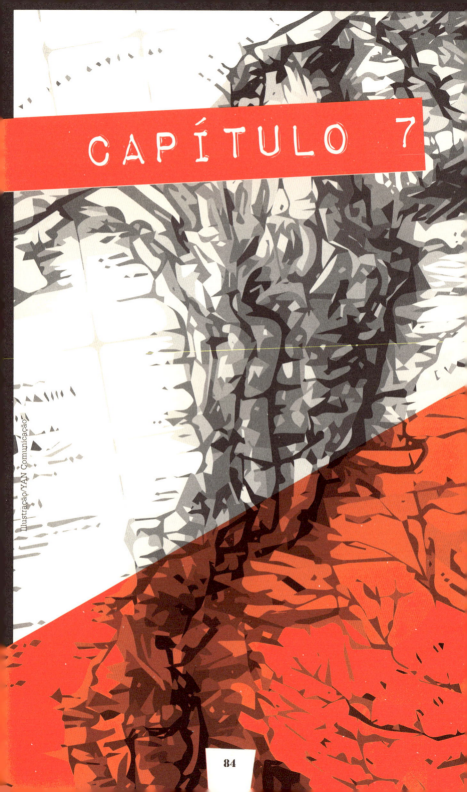

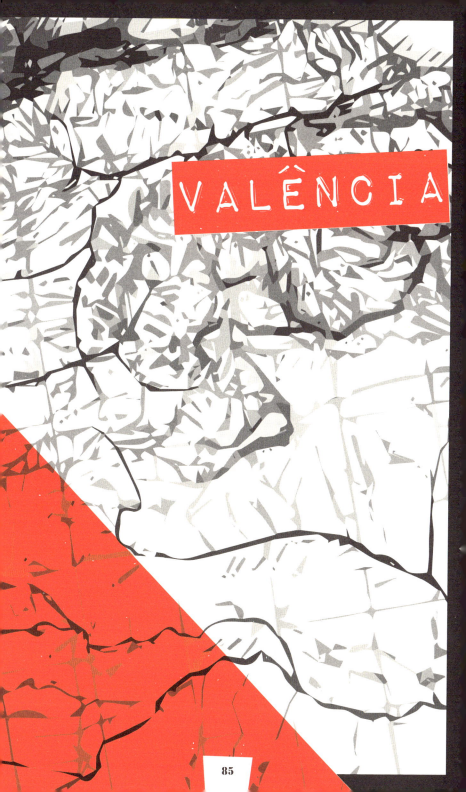

Segundo a voz de quem manda
os países do sul devem acreditar
na liberdade de comércio
(embora não exista)

em honrar a dívida
(embora seja desonrosa)

em atrair investimentos
(embora sejam indignos)

e em entrar no mundo
(embora pela porta de serviço)

Veias abertas da América Latina,
Eduardo Galeano

Valência, capital do estado de Carabobo, é a terceira cidade com os maiores índices de investimentos do país. Foi fundada oito anos antes de Caracas pelo capitão Alonso Díaz Moreno. Em 1821 ocorreu a Batalha de Carabobo uma grande guerra selando a vitória local sobre o império espanhol. A batalha terminou dez anos após a campanha libertadora encabeçada por Simón Bolívar e o Comandante Santander. Essa vitória fortaleceu a criação da Grande Colômbia, que no plano do Bolívar serviria para unir os povos latinos em uma única nação sendo ele o dono da porra toda.

Estacionamos no terminal Big Low Center, desta vez sem o tormento dos chatos taxistas, um terminal rodoviário popular com fluxo intenso de gente, dali partem ônibus municipais, intermunicipais e suburbanos, alguns poucos veículos modernos e outros bem antigos e detonados, com dianteira de design quadrada e colorida, um certo ar retrô periférico, várias lojas com mercadorias falsas, luminárias de propagandas, lanchonetes, cabines de empresas oferecendo transporte terrestre preenchiam a decoração do ambiente oitentista.

Ao descer do veículo nos despedimos do taxista Nelson e da feminista Antonela que já estava um pouco mais calma, apesar da face avermelhada e os olhos molhados pela dignidade abalada, efeitos de um longo choro contido. Juarez, o grandão macho chavista saiu sem dizer uma única palavra, bateu a porta do carro como se fosse uma geladeira velha, um verdadeiro bruto. Os dois deram um abraço apertado e demorado, eu e Dimas por alguns segundos permanecemos imóveis, eu conseguia ouvir na minha cabeça uma música romântica de casais apaixonados, parece que trocaram telefones. O som do ronco do estômago nos alertou para que cuidássemos das nossas vidas, a fome e o cansaço já dominavam.

Antes de qualquer contato com a produção encostamos na primeira lanchonete que vimos dentro do terminal, um lugar seguro, fresco e limpo. É esse. Conseguimos respirar e aliviar a tensão causada dentro do carro, a cegueira ideológica e o machismo incrustados também no socialismo do Século Vinte e Um. Com o cardápio em mãos não entendíamos quase nada do que estava escrito. Pedimos um suco de melão, veio melancia, e algo para comer, a única palavra que entendemos com certeza foi queijo. Acertamos, veio queijo. Era a arepa, uma típica refeição venezuelana com o pão feito de farinha de milho, recheado com queijo em tiras extremamente quentes e a massa bem fria, essa seria a principal refeição na nossa estadia por essas terras.

Saímos a caça de um orelhão e encontramos um perdido logo a frente, tentamos ligar nos números descritos na carta convite, constava código do país e da cidade. Mas qual operadora tínhamos que escolher? Impossível saber. Não fomos capazes de realizar a ligação. Uma senhora de uns cinquenta anos veio nos ensinar a fazer o telefonema, até aparecer o primeiro cliente e nos largar. Mesmo depois de efetuar as vendas não nos deu mais atenção, chamamos algumas vezes, ela fingia não escutar. Tentamos nós mesmos completar a chamada, sem sucesso, ficamos abandonados entre a solidão e o pânico. Impacientes quase quebramos a droga do telefone público.

Até que passou do nosso lado uma garota, como uma santa, exalando a jovialidade de seus vinte anos, cabelos longos, olhos castanhos cor de mel, pele bronzeada, dentes brancos sorriso largo, daqueles só vistos em propagandas de creme dental, aparentando ter acabado de sair do banho. Dimas suplicou ajuda através de gestos desenhados no ar com a precisão de um mímico francês, ela parou diante da performance de Marcel Marceau do Cangaíba e aceitou nos ajudar. Iniciou a discagem, na segunda tentativa alguém do outro lado da linha atendeu, ela gentilmente fez a mediação entre nós e a produção. Jogava o cabelo para o lado inclinando o pescoço, com isso subindo o perfume da flor de maracujá e da madeira gourmand.

Ela ouvia atentamente e sorria com a situação inusitada, olhava pra gente e voltava a atenção para a conversa no telefone, enquanto concordava com as possíveis coordenadas de Mariela, a produtora. Finalizou a ligação e nos levou até umas cadeiras na entrada do terminal e pediu que esperássemos sentados ali. Obedecemos. Dimas se curvou, pegou em sua mão para agradecer, pedindo a benção ou o telefone e roubou um selinho. A moça saiu rindo da ousadia do brasileiro, acompanhamos com o olhar a santa salvadora desaparecendo no corredor entre a legião obreira.

Liguei meu fone com o restinho da bateria do celular para distrair e aliviar a dor de cabeça. Me sentia como Hércules em seus doze trabalhos, cada lugar uma tarefa para cumprir. Em qual estaria agora? Na oitava missão, aquela em que Hércules percorria a região da Trácia e precisaria enfrentar Diomedes com suas quatro éguas ferozes e carnívoras que se alimentavam de estrangeiros. Hércules muito Nocivo capturou as éguas e serviu Diomedes como refeição.

Quando a produtora apontou no final, em meio a multidão, imediatamente nos reconhecemos, era como a segunda aparição, nos abraçamos e vibramos

Larissa Maia

Capítulo 7 - VALÊNCIA

eufóricos e radiantes, ela não acreditava que estávamos lá. É, e nem nós. Nesses momentos parece que tudo ao redor se congela e silencia, sumiram os pensamentos paralelos, as dores, a desesperança. O presente se materializa intensificando as emoções em um dos mais altos graus de êxtase.

Saímos abraçados do terminal em direção a van, ao nos aproximarmos da parte descoberta ela abriu uma sombrinha, pensei: está chovendo forte. Não. Era uma garoa bem fina e percebi que ela alisava o cabelo. Como assim, é comunista e alisa o cabelo? Mariela, a coordenadora geral do evento, tinha uns vinte e oito anos anos, pela foto do perfil não dava pra ter noção da sua idade e nem da sua beleza, muito alegre e regrada, futura professora universitária. Usava aparelho nos dentes. Eu não conseguia parar de olhar pra sua boca.

Na Van estavam os colombianos de Bogotá, "*vamos embora para Bogotá, muambar, muambei. Vamos cruzar Transamazônica. Pra levar, pra freguês*", entramos e fizemos a festa cantando Criolo, cumprimentamos:

— *Brasil!!!*

Eles:

Colômbia!!! Os caras eram muito loucos.

O grupo era dividido em duas bandas a *La Sosa* que tocava salsa e merengue e a Los Panas de pop rock. Na guitarra e vocais da La Sosa: Guilhermo, um gordinho sorridente e malandro que tinha os olhos de chinês de tanto fumar maconha, nos tornamos amigos. Na percussão: Manolo; um negro de dread, magro, pai de duas meninas outro que também tivemos afinidade; na bateria: Diego, branco, latino, a fim de Mariela; na fotografia e produção: Paolo, branco, bissexual, olhos claros, cabelo moicano liso e loiro. Já a Los Panas tinha no vocal: Francisco, magro, estatura mediana, extrovertido, corpo tatuado; no violão e backing vocal: Julieta, uma ruiva de olhos verdes, lésbica, baixa, que era a única mulher do grupo, e não quis conversa, nem nos cumprimentou; e na bateria: Alejandro, um moreno bem magro e alto, antipático, outro que demonstrou indiferença conosco. E nos toca discos: Juan, branco de dreads, com uma fala baixa e lenta. Tocava rock, mas preferia Hip-Hop.

Eles estavam a caminho de uma apresentação musical próxima dali, seguimos o bonde.

O show estava previsto para ocorrer dentro de uma quadra de esportes na periferia. Assim que chegamos escuto a música Lambada, sucesso do Kaoma em 1989, saí para ver de onde vinha o som, era de uma loja de roupas. Nas ruas, carros grandes e antigos de cores variadas chamavam a minha atenção. Dentro da quadra observei os sujeitos que trabalhavam no evento com capacetes vermelhos de serviço de obras e macacão de fábrica andando com propriedade. Tive a sensação de estar no Brasil do final dos anos oitenta, era como se o Lula tivesse ganhado a primeira eleição que concorreu com o Collor, em um momento que o Partido dos Trabalhadores ainda tinha como meta em seu estatuto a instauração do socialismo no país.

Músicas de sindicato soavam nas precárias caixas de som, mal equalizadas gerando uma microfonia ensurdecedora. A refeição colaborativa foi servida em uma tenda improvisada no canto da quadra. Lembrava um evento da União Nacional dos Estudantes, com aquela aparente desorganização e tudo sendo feito no calor da emoção, dominados pelo improviso, seguidos de gritos de ordem e reuniões extraordinárias a cada trinta minutos. O show não rolou por motivos técnicos. Era só o primeiro dia, haveria outras oportunidades de assistir a apresentação dos hermanos loucos chapados de maconha.

De lá os colombianos retornaram pra hospedagem com a van, antes fizeram um rateio para comprar bebidas alcoólicas, dentre elas, rum: o goró dos piratas, dizia Guilhermo com sua voz rouca. É lógico que contribuímos para a nobre causa. Precisávamos fazer ligações telefônicas ou acessar a internet. E se quiséssemos nos comunicar com o Brasil teríamos que acompanhar a produtora, pois nem na hospedagem e nem no bairro encontraríamos estes serviços. Entramos no micro-ônibus para buscarmos o grupo da Cidade de Cali, também da Colômbia, que chegaria no início da noite.

Retornamos ao Terminal de Valência nos aproximando de Mariela. Fomos direto pras cabines telefônicas, era bem fácil de ligar e mais barato do que imaginávamos. Fiz o primeiro contato com a minha mãe, ouvir sua voz com sotaque do interior paulista, aquele som do "r" acentuado, fazia lembrar o cheiro do café de coador de pano, e poder dizer que tinha chegado bem confortava a ambos. Ela nem imaginava onde ficava a Venezuela e nem os perigos que passamos, eu nem contaria. Na cabine ao lado Dimas também conseguiu falar com sua mãe, ele teve que resolver um b.o do seu irmão que estava atrás das grades, passou muito mais tempo na linha.

Em uma barraquinha compramos um café pelando de quente. Apesar do calor abafado, quem é viciado toma café até no inferno. Demos um giro pelo terminal, já estávamos mais suaves e até puxamos assunto com alguns locais, compramos souvenirs e mais uns utensílios básicos. Regressamos ao ponto combinado e os colombianos de Cali estavam desembarcando. Esses se diferenciavam radicalmente dos loucos de Bogotá, um grupo mais jovem, que não usava drogas e nem álcool. Se aproximaram de nós perguntando sobre o teatro brasileiro, Moisés queria que falássemos sobre o Teatro do Oprimido do Augusto Boal, nos cercaram cheios de afeto e curiosidades. Um clima mais leve, otimista e amigável. Quanta diversidade! Vamos esquecer das tarefas e bora aproveitar.

Eles pareciam personagens de uma trupe de teatro popular italiano da idade média. O David Gomez, garoto especial, um dos mais jovens do grupo, de pele bem clara e cabelos escuros, possuía limitações cognitivas, mas que não o impediam de nada, seria o personagem Arlecchino, conhecido por usar roupa branca e preta com estampa em forma de diamantes. Sua máscara possuía uma testa baixa com uma verruga. Sua crush é a Colombina, mas ela apenas o fazia de trouxa, ela por sua vez interpretada por Madeleine, também muito jovem, de pele preta retinta, mas era chamada de morena pelos latinos, sua personagem é uma subserviente, inteligente e habilidosa, a típica empregada das novelas melodramáticas.

Já o Cesar Raul, um sujeito cabeludo, pra mim o melhor ator da trupe, se parecia com o Brighella, um trapaceiro, agressivo, dissimulado e egoísta. Enquanto que Miguel Angel, o mais velho do grupo aparentava ter uns cinquenta anos, era o diretor, seria o Capitano – forte e imponente, vestia um descomunal uniforme militar. Contava vantagens como soldado e conquistador, mas era um fracassado. O Giovanni Perez se aproximava do Dottore. Um cara metido a intelectual, pedante, pão duro e sem o menor sucesso com as mulheres. Moisés Alfonso e Rosenny Marillin eram os mais sérios do grupo, que já era sério, na vida e no teatro formavam o casal dos enamorados. Jovens, bonitos e loucamente apaixonados, aquela coisa melosa dos filmes românticos. Os únicos que não usavam máscara. O rapaz de boné era o Herbert José que representava o Pantalone, rico e mão de vaca. Usava o cavanhaque branco e o manto negro sobre um casaco vermelho. O magrinho de fala engraçada e fina é Rafael Ramon, o personagem Pulcinella. O esquisito, corcunda, vulnerável e desfigurado. Muitas vezes, não conseguia falar e acabava se comunicando através de sinais e sons estranhos. Sua máscara tem um nariz grande e torto, como o bico de um papagaio.

Conduziram-nos para a hospedagem, no caminho paramos no supermercado para comprar colchonetes. Entrei e notei um esvaziamento anormal nas prateleiras, no setor de carnes poucas opções, e alguns corredores estavam quase vazios de mercadorias. Muitos grupos locais estavam a caminho, e a cada parada novos membros se acoplavam. Já fazia horas que tínhamos nos despedido dos caras de Bogotá. Será que tinham preparado um beck pra nós?

Capítulo 7 - VALÊNCIA

CAPÍTULO 8

Illustração/YAN Comunicação

VIRIGIMA

eu sou Maradona contra a Inglaterra
marcando dois gols

sou o que sustenta minha bandeira a
espinha dorsal do planeta
é a minha cordilheira

sou o que me ensinou meu pai
o que não ama sua pátria,
não ama a sua mãe

sou américa latina,
um povo sem pernas
mas que caminha

Latinoamérica - Calle 13

Em 1813 no município de Guacara ocorreu a Batalha de Virigima, as tropas compostas por quinhentos jovens estudantes de Caracas, tipo o bonde dos menó, comandadas por José Félix Ribas e com o apoio de mais mil camponeses locais, armaram uma emboscada para derrotar os espanhóis do Regimento de Granada liderada pelo coronel Carlos Miguel Salomón que vinham de Puerto Cabello na estrada por Patanemo com mil soldados espanhóis veteranos de guerra, o bonde dos tiozin. Se estabeleceram a noite em uma serra no vale de Vigirima e pela manhã foram atacados, foi bala pra tudo que é lado e após três dias de combates as tropas dos menó saíram vitoriosas, a juventude nativa venceu a velharada colonizadora. Simón Bolívar que planejou toda a batalha em Valência, chegou no final só pra comemorar mais uma conquista.

A pousada Valle Dorado, em Virigima, ficava numa rua sem saída com portão alto limitando a área, uma espécie de condomínio fechado tendo de um lado um bairro pobre e do outro lindas montanhas, mansões, sítios, árvores podadas nos quintais, e muitos carros novos. Não era possível ver nenhuma alma viva na rua, há um ditado que diz: *aqui não se anda, só se dirige*. Um pouco antes do ônibus dobrar a rua avistei duas senhoras com traços indígenas caminhando com sacolas. Só elas. A pousada estava reservada para o festival, na verdade aparentava estar desativada.

O pátio era bem grande com uma piscina ao fundo na lateral esquerda, estilo arquitetura imperial, paredes brancas com detalhes azul turquesa e esculturas de cavalo marinho de mármores dispostas entre as colunas, e ao fundo ainda no térreo algumas acomodações com beliches. A maioria dos quartos ficava no piso superior, à direita. Fomos direcionados ao último aposento do corredor, depositamos as nossas malas no chão, escolhi a parte de cima e Dimas a parte de baixo do beliche, esticamos os nossos lençóis. Dividimos a hospedagem com Diego, Miguel e Guilhermo da banda La Sosa, isso não iria prestar. Eles ficaram em dois beliches e um com colchão no chão. No fundo esquerdo estava o pequeno banheiro da suíte.

Um trio de artistas circenses argentinos treinava malabares quando descíamos a escada; Florência e o casal Haroldo e Agustina, ambos de olhos verdes, narizes finos, corpos magros e músculos bem desenvolvidos, acompanhados por um cachorro amarelo, de pelos longos e ralos, de porte pequeno e raquítico. Contaram que o encontraram no Peru e o adotaram como mascote da trupe, batizaram de Batistuta, homenageando o jogador da seleção de futebol de seu país. Subiam a América Latina em um pequeno carro utilitário branco há mais de seis meses se apresentando em troca de hospedagem, alimentação e algumas moedas. Um grande adesivo com os dizeres Cia Caminando Che na lateral do veículo com um desenho do Che Guevara, um caminho desenhado por montanhas, um nariz de palhaço e a bandeira da Argentina ilustravam o circo móvel portenho.

Foi convocada uma reunião geral no piso térreo, um rapaz baixinho e forte de pele avermelhada de nome Carlitos conduziria a plenária, após ser brevemente apresentado por Mariela, posicionada ao lado das demais produtoras, que ficaria com a segunda parte da pauta. Kátia, irmã de Mariela, tinha a tez escura, gordinha e baixa, engraçada, despojada, cabelos enrolados até os ombros e temperamento explosivo, já Carmen tinha cabelos escuros com cachos longos, tranquila, lábios carnudos e grandes, fala bem articulada e sensual. Carlitos iniciou o discurso em tom sério, articulação pausada, explicou pragmaticamente as regras e os procedimentos da pousada, de uma maneira metódica como manda a cartilha ortodoxa stalinista:

- *não poderíamos sair sem autorização;*
- *não era permitido trocar de quartos;*
- *em hipótese alguma poderíamos ir à rua;*
- *não poderíamos utilizar a piscina, esta estaria liberada apenas um dia, durante o festival;*
- *o banho não poderia ultrapassar três minutos com o chuveiro ligado, e seria necessário informar Carlitos para que o registro fosse ligado, no horário das sete às nove;*
- *os dentes deveriam ser escovados somente com um pouco de água num copinho de plástico retornável;*
- *em cada banheiro se encontrava um rolo de papel higiênico e este deveria durar por toda a estadia;*
- *o café da manhã seria servido das oito às nove e a repetição não era permitida;*

Tudo deveria ser seguido rigorosamente, assim como em uma escola, presídio ou hospício.

A adaptação não seria problema, era só lembrar as condições escassas que vivíamos na infância entre ruas de terra, com racionamento de água, um dia tinha água e outros três não, e o esgoto a céu aberto. Se sobrevivemos a crise brasileira dos anos oitenta no final da ditadura militar e todo o governo de José Sarney, que assumiu a presidência indiretamente assim como Itamar Franco, ambos do PMDB, tiraríamos isso de letra.

Mariela retomou a fala agora com tempo cronometrado pelas outras duas produtoras que também teriam direito a complementar a companheira. Enquanto passava os informes, Katia e Carmen entregavam o cronograma impresso da programação completa do evento. Se orgulhava em anunciar que a pousada estava sendo usada pela primeira vez pelo festival, era um luxo, pois nas edições anteriores a acomodação era realizada em um galpão onde era necessário trazer sacos de dormir, não havia chuveiro de água quente e muito menos uma piscina. Agradecia a parceria pela estadia e o fomento a revolução chavista.

— *Viva a revolução!*

— *Viva!!!!!*

Os colombianos de Bogotá se incomodaram com tantas regras e se olhavam como se dissessem: não vamos seguir, vamos nos portar mal.

Após o término da reunião, subimos para o quarto e na varanda eles entregaram o rum que compraram com o dinheiro do rateio, acendemos um cigarro brasileiro e proseamos no corredor. O trio argentino equilibrado no monociclo e os demais colombianos se juntaram a roda. Quando eu falei rateio da primeira vez eles entenderam ratinho. E toda hora que precisávamos arrecadar dinheiro para as bebidas, e não foram poucas, eles falavam ratinho e imitavam os camundongos contraindo a boca e o nariz em uma careta por puro gracejo. Nessa brincadeira eu passei a ser o Ronaldo e Dimas, o Ronaldinho.

Apesar da festa armada com muita gente nova, bonita, maconha e whisky, uma parte deles estava pra baixo, relataram que na fronteira um membro do grupo Los Panas foi pego pela polícia federal por porte ilegal de maconha, e sua mãe teve que buscá-lo e não pôde prosseguir viagem. Uma situação humilhante.

Agora, já sem tensão, com todas as tarefas cumpridas, chegamos na melhor parte, onde queríamos estar. O calor era forte, mas o ar não era seco como no norte do Brasil, afinal estávamos perto da praia. Quando todos foram dormir, abri minha agenda para escrever este diário e nas últimas folhas encontrei o mapa-múndi. Percorri com os olhos o itinerário: São Paulo, Manaus, Boa Vista, Santa Elena, Puerto Ordaz, Caracas, Valência, Virigima, viajamos tudo isso, quase metade da América Latina? Acompanhei com o dedo para cima do mapa chegando às ilhas caribenhas. Estava perto da Jamaica, eu de dreads, ia me encontrar com os Rastafari devotos de Haile Selassie, sua majestade imperial? Conheceria de perto a terra do reggae, do dancehall, do dub, ah os caras das equipes de sound system da quebrada não vão botar fé. E Dimas, que já estava roncando, ia pra Cuba, ver Fidel.

Tirei a camiseta, a janela ficou aberta por toda a noite, deitei com os braços em borboleta observando a cordilheira da costa e o céu estrelado. Lembrei-me da frase de que a arte não leva a lugar nenhum, e relaxei ainda mais o meu corpo me sentindo a própria constelação de câncer. Aproveitei a exceção.

CAPÍTULO 9

106

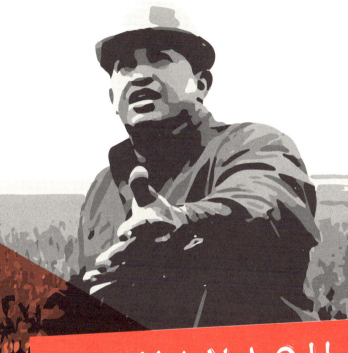

Diário Bolivariano

1º DIA DO FESTIVAL — CORTEJO

Brasileños! Brasilenõs! No entendieron el combinado de la reunión? Carlitos abria os braços, gesticulava, ameaçava desligar o registro da água. Só restava nós dois para descer. Após uma ducha rápida, voamos.

No refeitório, entramos na fila indiana do café da manhã, cumprimentamos e fomos saudados pelos demais artistas; conhecemos o Julian um sorridente boliviano de quarenta e quatro anos que não largava por nada o seu instrumento musical semelhante ao nosso cavaquinho, vestia suas roupas étnicas, Julian estava no país desde a edição anterior do festival, permanecia hospedado na casa da família da Mariela. A refeição era a tradicional arepa, culinária desenvolvida pelos ameríndios antes da chegada dos espanhóis, uma versão mais simples do que a que comemos no terminal, aquela seria a de turista e essa a do povo, a única opção era carnívora, e um copo de suco industrializado no sabor morango extremamente doce e enjoativo.

Dimas para se enturmar perguntou em voz alta se conheciam o Rincón, jogador colombiano que teve destaque no time do Corinthians, o capitão na conquista do Mundial de Clubes do ano de dois mil, Rafael Ramon, ator do Teatro de Cali arregalou os olhos e repetiu alto:

— *RRRRRRincón!!!* com articulação exagerada, encheu a bochecha, bateu no peito e disse com orgulho que era o seu ídolo, um craque da seleção colombiana e do América de Cali.

A pergunta foi o tiro inicial para o nosso entrosamento com o grupo de Cali.

As produtoras bateram palmas três vezes chamando o foco como fazem as professoras do ensino primário, correspondidas, solicitaram para que colocássemos roupas coloridas ou os nossos figurinos para fazermos um desfile no bairro onde aconteceria o festival. Meti uma camiseta da Nenê de Vila Matilde, Dimas uma regata de uns cinco carnavais passados da Gaviões da Fiel, pegamos o tamborim, o pandeiro e o chapéu de malandro.

Partimos de micro-ônibus de Vigirima a Naguanagua pela rodovia Variante Guacara. A viagem demorou uns vinte minutos, começamos com o pagode tímido, mas já chamando na cumplicidade. Desembarcamos na sede do festival e na rua em frente carros de som com músicas da campanha de Hugo Chaves passavam pelo bairro:

Uh, Há Chávez no se va!

A base ficava ao lado de um comitê político aliado ao governo.

Convocaram uma reunião para orientações gerais acerca do evento incluindo a história do espaço cultural mantido pelo Ministério Popular de Cultura do Governo Federal. Em tom de comício, a assembleia foi iniciada com as coordenadas do dia contendo as ações, objetivos e os trajetos. Abrimos a nossa programação impressa na tentativa de acompanhar. Carmen, a moça de lábios carnudos, em um determinado momento do seu discurso anunciou que pegaríamos a boseta, que seria caminhonete em português. Estávamos distraídos olhando para as ruas e pensando quão divertida seria esta estadia, daria pra beber, fumar e trepar, mas ao tocar nesta palavra, como se tivéssemos ensaiados, aliás como se tivesse tocado em um botãozinho ativando a nossa libido, olhamos para a palestrante fixamente e não queríamos perder nenhum outro detalhe dos encaminhamentos.

Carmem sabia da duplicidade da palavra e repetia com ênfase olhando para nós, para Katia e Mariela, que mantinham a séria postura de produção. Miguel Angel puxou o hino da Internacional comunista e todos cantaram com os punhos esquerdos cerrados.

"de pé, ó vítimas da fome!

de pé, famélicos da terra!

da ideia a chama já consome

a crosta bruta que a soterra

cortai o mal bem pelo fundo!

de pé, de pé, não mais senhores!

se nada somos de tal mundo

sejamos tudo, ó produtores!"

Carmen desceu do palanque, passou por trás de nós e no pé do ouvido, sussurrou:

— *Por que ainda não entraram na boceta?*

Do lado de fora um grupo de crianças cantava uma música criada especialmente para o evento, lembrava uma canção medieval. Afinei o tamborim, Dimas pegou o pandeiro e seguimos em cortejo pelas quebradas de Naguanagua, dançando, tocando e brincando com os moradores. As produtoras panfletavam divulgando as atividades que ocorreriam ali durante a semana. Figuras alegóricas apareceram durante o trajeto: pernas de pau, palhaços, personagens alegóricos, burras e burriquitas de uma manifestação popular parecida com o Bumba-meu-boi brasileiro. Um homem fantasiado de Satanás era o pai das meninas da produção, ele assustava e divertia as crianças no portão e outras que seguiam a batucada, em um determinado momento do desfile o foco foi totalmente para a representação dos diabos dançantes de Corpus Christi simbolizando o triunfo do bem contra o mal, uma festa religiosa de raízes espanholas, indígenas e africanas.

Eu com uma câmera e o celular tiravas fotos e produzia vídeos curtos, a produção pedia cautela porque estávamos em um bairro de alta vulnerabilidade social, passíveis a assaltos e furtos. Eu continuava intercalando entre tocar e fotografar. Nas laterais: ruas estreitas, cavalos com o motor estourados passavam rasgando, chamando no grau, pelo meio do cortejo adentrando as vielas de chão de barro, era como qualquer periferia brasileira trocando apenas os ritmos de funk para o reggaeton. Um braço sem mão bateu em minhas costas, virei pra frente dei de cara com o Pirata do Caribe, ele queria ir ao Mundial no Brasil para ganhar dinheiro como estátua viva, era o Maldonado, irmão da Mariela.

Terminamos o cortejo no galpão Complexo Cultural Julio Chacin, ao fazer a curva pulamos uma extensa poça, a via estava parcialmente alagada, o esgoto corria a céu aberto, de repente a água espirrou em nossas pernas, ação provocada por um ônibus escolar amarelo como dos filmes americanos da Sessão da Tarde. Será que não havia mais serventia nos Estados Unidos e mandaram para a Venezuela? Imaginei isso enquanto acenava para os passageiros socados no coletivo.

Prepararam uma recepção com tambores dentro do galpão. Uma roda foi formada, conforme os grupos eram apresentados, cada um deveria ir ao centro e dançar um ritmo típico do seu país. Tentamos nos esconder, morrendo de vergonha, para não ter que sambar, mas não teve como escapar, nos colocaram no centro da roda, anunciaram a nossa nacionalidade e muita gente atenta para ver o nosso swing e para aprender novos passos de mestre-sala. Sambamos desengonçados como gringos. A gargalhada tomou conta e o ritmo acelerou, incorporamos o espírito brincante e aquele galpão quase virou a Sapucaí, só que não.

Em seguida, começaram as apresentações de teatro amador com encenações compostas de precárias cenografias, atores de figurino preto e pancake branco barato na cara, a princípio interessante até entrar no didatismo melodramático, não importava o enredo em algum momento aparecia o assunto revolução. Necessitávamos beber e fumar. Já estávamos nutridos o suficiente, estética e politicamente, para um único dia. Avistamos uma venezuelana hippie com uma latinha na mão, trocamos ideia e ela nos acompanhou até a adega a uns cem metros dali e depois até a padaria pra comprar fósforos, a garota namorava com um roqueiro que aparentava ser usuário de drogas pesadas.

Pegamos umas latinhas e paramos na padoca a dona era uma portuguesa, uma indignação tomou conta de mim ao ver que esses coloniais abriram padaria até aqui e por outro lado um alívio ouvir ao nosso idioma. Nunca imaginei que teria afinidade com uma lusitana, são todas mal-humoradas e avarentas na periferia. A senhora discutia com um bêbado num português que só entende quem vive a língua, falou mal de todo povo venezuelano tirando-os de sujos, ignorantes, alienados e baba-ovo-de-Fidel. Com a sobrancelha grossa como de uma taturana, pedia cumplicidade a nós, atendeu com delicadeza, nos deu balas de cortesia e um sorriso malicioso, compramos os fósforos, na despedida pegou firme na minha mão, atrás do balcão, sussurrou que tinha parentes no Brasil, perguntou se eu poderia levar uma encomenda ao Espírito Santo. Fiquei de voltar mais tarde, ela disse que eu não iria me arrepender.

No caminho a hippie foi bolando o seu cigarro de fumo orgânico, paramos num mercado, o único sem as grades, poderíamos adentrar, o dono e os funcionários eram chineses, e um deles engraçadinho começou a nos seguir pensando que iríamos roubar, perguntou de onde éramos e se impressionou quando dissemos ser do Brasil. Não entendi o espanto, eles vieram de mais longe ainda, só porque também são comunistas se acham mais próximos deles do que nós? Somos geograficamente latinos. Os chineses também estavam por toda a parte dominando o comércio. Parecia que só nós dois éramos de outro mundo, somos tão exóticos assim? Os cabelos, a pele, o jeito de andar, de falar? Até chinês tirando sarro de nós, mano? Contive a vontade de encarnar o personagem de um filme de gangster que assisti uma vez na TV, onde um homem negro entrava no mercado de um oriental e após ser seguido pelos corredores sacava uma arma, anunciando o assalto, dava um tapa na cara e pedia o visto, o china se desesperava e não conseguia apresentar o documento, o mano se alterava pedindo o visto e o dinheiro, o china o chamava de macaco, enquanto o outro funcionário entregava o dinheiro. Nisso o mano atira no chinês clandestino, vai embora levando as imagens da câmera de segurança para se divertir com os amigos depois. Virei o pescoço para o balcão, saí com um salgadinho sem pagar.

No retorno não foi mais um pagode tímido, já estávamos enturmados, Julian sempre puxava as canções, sem dúvida o mais animado, e nós já emendamos um sambão. O grupo cresceu a tal ponto que tiveram que enviar um ônibus, todos cantavam músicas famosas de seu país em um carnaval latino-americano-caribenho.

Na pousada bebemos, tocamos violão, estávamos felizes à vera, até começarmos a discutir sobre futebol. Enquanto bebia rum explicava para os gringos como que o Santos Futebol Clube era o maior time do Brasil e um dos melhores do mundo; teve Pelé, Robinho, Diego e Neymar. Dimas chegou e discordou, enfurecidamente. Eu levava na esportiva e os gringos tinham percebido meu tom de ironia, mas Dimas levava o Corinthians a sério, assim como os venezuelanos com a política. Provoquei ainda questionando o tal do Primeiro Mundial conquistado em cima do Vasco da Gama.

— *Como um time ganha o Mundial sem passar pela Libertadores?* Me dirigi aos argentinos que se espantaram e caíram na gargalhada, e de Liberta eles entendem bem, são os maiores campeões do torneio.

Dimas argumentou que o seu time foi campeão brasileiro daquele ano, sendo assim, foi o representante do país sede, e o Vasco era o campeão da Libertadores, por isso os dois times brasileiros se enfrentaram.

— *Tá no site da FIFA. Nós somos os primeiros campeões interclubes.*

Questionei a NIKE, a FIFA, CBF e a corrupção. Dimas iniciou uma explicação que somente um corintiano chato pode ter, repetindo a mesma história que seu time ficou vinte e três anos sem ganhar títulos, o maior jejum da história dos grandes clubes, contrariando a lógica do que se esperava o número de torcedores só cresceu, chegando ao topo como uma das maiores torcidas do país. Se inflamou enfiando o dedo no meu peito, aumentando o tom da voz, baixei seu dedo com um tapa. Quase saímos na mão. Fomos dormir sem nos falar. Os colombianos não entenderam nada.

2º DIA DO FESTIVAL

CANTANDO, CONTANDO, CURTINDO A REVOLUÇÃO

Para evitar a reincidência indisciplinar cumprimos as funções matinais antes dos demais com a destreza de soldados em início de carreira. O homem é condicionado às regras, assim como um cão adestrado. Tipo aquela cena clássica do filme Laranja Mecânica que o carinha repete os movimentos alienadamente que lhe são ordenados. É cômico e trágico. Nós dois éramos os dois carinhas subordinados aos homens da lei. Seguindo o cronograma, hoje também não apresentaríamos a peça, então vestimos roupas mais leves, estilo de quebrada e pá. Aguardávamos dentro do ônibus os companheiros atrasados, Batistuta entrou correndo, me assustou, dei-lhe um chute, achei que fosse outro cão querendo me morder, se encolheu apavorado, foi pra debaixo do banco, depois me lambeu. Kátia fez a chamada, conferiu e autorizou a partida. As produtoras foram em uma SUV.

O motorista seguiu de marcha ré por uns duzentos metros pela rua sem saída, não havia espaço para a manobra. Contemplei as montanhas, as vilas vazias e os grafites nos muros em apoio e em oposição ao presidente.

Enquanto aguardava as orientações dentro da sede, ouvi uma narração do lado de fora, saí para averiguar e desacreditei do que vi. Uma senhora fazia contação de história sobre o petróleo para crianças do ensino primário.

Já ouvi muitas histórias dos mais variados assuntos, mas nunca sobre combustível. Me sentei junto aos pequenos. Seria semelhante a importância da fauna e a flora pra nós, aquelas fitas "vamos preservar a Amazônia" e "devemos cuidar do meio ambiente". A militância na República Bolivariana da Venezuela começa no berço. A contadora interagia com o público infantil na descrição dos processos de refinamento. Em tom pedagógico explicava que o petróleo era do povo e teria que ser revertido pro povo, assim como o governo estava fazendo naquele momento, e somente era possível através da revolução. Já diria Gramsci: é através da língua que se politiza as massas para que elas façam as transformações necessárias destruindo as classes e criando a hegemonia cultural.

Antes do governo Chávez o preço do barril estava lá embaixo, com sua estratégia de articulação com produtores alinhados politicamente como Rússia, China e países árabes, os preços subiram mantendo os subsídios para os projetos sociais e o abastecimento dos produtos de primeiras necessidades.

- Os EUA têm interesse na nossa riqueza e apoia a oposição para derrubar o governo e se beneficiar com a nossa riqueza natural. Nós somos socialistas, vamos repartir com a nossa pátria.

Era didática, narrava devagar e alto, e as crianças tinham que repetir, como num jogral, para fixar na memória. Isso sim é doutrinação marxista, vou filmar e esfregar na cara dos direitistas recalcados do nosso país.

Na praça Simón Bolívar foi montado uma estrutura de som e camarin com tendas entre as árvores e as pistas de caminhada. Ali se apresentaram os grupos teatrais, sempre com a luta de classes como temática. A plateia disposta em semi-arena se divertia com as comédias, disponíveis a ouvir e refletir. Antes da abertura dos shows era cantado o hino nacional.

Os meninos da vila nos rodearam montados em suas bicicletas e um deles ao saber que éramos brasileiros nos entregou uma bola. Dimas passou pra mim que imediatamente devolvi. O garoto chamou a atenção dos colegas e pediu para que jogássemos. Ele queria aprender um drible novo, alguma dica espetacular para jogar bonito ou fazer embaixadinhas. Não tínhamos

muito que ensinar. Desenrolamos o papo, enganamos, eles contaram quem eram seus preferidos e a gente os nossos, o garoto disse que tinha apenas um ídolo: Ronaldinho Gaúcho.

Entramos na brincadeira e falei que já tinha visto o Ronaldinho. O menino permaneceu paralisado boquiaberto, soltou a bola no chão e de repente ficou de quatro. Retornou a posição ereta e afirmou que daria a bunda para conhecer de perto o ídolo do Barcelona. Levou uma chuva de tapas e pontapés dos amigos, gritos de alopração foram ouvidos a distância. Mariela e Kátia irritadas nos chamaram no particular para alertarmos que a nossa presença provocava distração no público. As pessoas estavam olhando pra nós dois e não para a peça de teatro que estava rolando, isso era prejudicial para a ação cultural, enquanto falava o sorriso permanecia no canto de sua boca, como que dissesse: se eu não estivesse trabalhando também ficaria encantava, puxaria assunto com vocês, estou cumprindo a minha função de produtora, entendam. Voltamos cabisbaixos para a roda onde acontecia a apresentação circense do trio argentino, um circo mais moralista do que revolucionário, cedemos a nossa atenção ao espetáculo ao lado do Batistuta.

Levei meu tablet, foi inútil, não havia wi-fi. Me conectava apenas na lan house perto da base do evento, onde também tinha cabine telefônica e vira-e-mexe fazia ligação internacional. Liguei pra minha mãe quase todos os dias, sem euforia e sempre escondendo as dificuldades. Dei um perdido e me enfiei pelos fundos, sentei na última máquina para evitar o flagrante. Minha cabeça explodia de tanta informação, precisava compartilhar. Queria dizer que aqui estava incrível e como vocês no Brasil queriam estar no meu lugar. Fui interrompido por Mariela que sem nenhum pudor solicitou minutos das minhas horas para enviar um e-mail institucional. Eles querem socializar tudo, até o meu tempo na lan house.

A noite chegou na praça Simón Bolívar quando os atabaques começaram a aquecer. O grupo de cultura tradicional da família de Mariela faria o encerramento. As mulheres usavam roupas de cores marcantes, vestidos longos com babados brancos na gola e nas pontas. Os homens portavam uma camisa social branca com uma faixa da bandeira da Venezuela cruzada no peito e os dançarinos e dançarinas de camisetas vermelhas. Mariela usava um chapéu enorme, tocava e cantava se posicionando no centro do grupo. Em frente do palco ocorriam intervenções com personagens alegóricos e teatros de bonecos ilustrando a música. Em um determinado momento do show tocaram joropo, um estilo musical parecido com a valsa e o flamenco, carregado de forte influência africana, um morador emocionado me contou que a principal música deste estilo é a Alma llanera, em português seria como a Alma Campesina, e é considerada o segundo hino nacional:

Yo nací en esta ribera

del arauca vibrador

soy hermano de la espuma

de las garzas, de las rosas

soy hermano de la espuma"

A praça estava cheia, o povo assistia e cantava junto. O grande momento ficou para o final, o grupo puxou um ritmo nos tambores, como o tambor de crioula, um duelo entre homens e mulheres. A poeira subia, e todos se envolviam na manifestação, me senti em uma roda de jongo em Guaianases. Pegamos cervejas em uma venda próxima seguidas vezes. Uma festa popular. Isso que queríamos. Festa! Podia parar tudo. Aqui é o melhor lugar do mundo, o mais divertido, inusitado e intenso. A vizinhança encostou, a mulherada dançava remexendo o quadril, agachadas com os joelhos juntos. Fui tirado para dançar, o ritmo acelerava como num terreiro de candomblé, tomei uma bundada tão forte na cara que me levou ao chão, todos riram. Mas eu estava feliz e alcoolizado. Tudo girava. Me levantei e continuei a dançar fora da roda em torno das árvores, me equilibrando com a latinha na mão gritando: *viva a revolução!*

Esticamos a festa para a pousada com mais licores, danças e maconha. Manolo me chamou para o canto e me apresentou uma erva especial, cortada do pé de um quintal por uma senhora do campo na beira da estrada na Colômbia. Só um galinho, coisa fina, natural. Fumamos no cachimbo. Esses colombianos fazem jus ao nome. De volta a roda no térreo já havia um violão, cavaco boliviano e pandeiro, iniciamos a cantoria.

Até que um sujeito, que eu já tinha visto na base aquela tarde, se dizendo Irlandês, pegou no violão e cantou afinado e em castelhano com sotaque latino, uma música do Ali Primera. Como não domino o idioma e não conhecia a música acreditei que era irlandês até que parecia fisicamente, era ruivo, na verdade nem sei se os irlandeses são ruivos, mas ele era branco e não tinha os biotipo dos venezuelanos. Era todo engraçadão. Corria pelo corredor dançando balé como uma gazela, tinha um corpo gordinho e jogava com isso, queria chamar a atenção imitando de maneira estereotipada uma pessoa LGBT e de fato puxou o foco para si, as argentinas e outras venezuelanas admiravam, riam, somente ele cantava e contava as histórias.

A proposta era ser um momento de descontração e ele queria ser mestre de cerimônia e o artista convidado ao mesmo tempo. Mas Guilhermo e Manolo cochicharam no meu ouvido, deram a letra de que era um picareta, não era gringo, e sim um venezuelano pobre e patife que percorria os festivais para conseguir hospedagem, alimentação e bebidas, tudo por uma certa carência emocional. Vivia da mentira porque sabia que gringo é bajulado nos países pobres. Eu não tinha sacado, pra mim era tão só um panaca querendo chamar a atenção. Imitava gay o tempo inteiro, no início alegrou a turma, mas aos poucos foi perdendo a graça, começou a forçar a piada. Inventou de nos ensinar palavrões no seu idioma. Não demos risadas de suas piadas. Era outro, que por pouco não partimos para a agressão física.

Enquanto falávamos besteiras e curtíamos a baladinha já na madrugada, todos altamente ébrios, a Julieta, antipática colombiana, levantou um assunto cabeça tencionando o ambiente, quando fui sacar estavam falando sobre os heróis, revoluções e as histórias de vários líderes da Colômbia, Argentina, das quais eu desconhecia. Os colombianos e venezuelanos entraram no diálogo e aí já formaram o comitê. Me perguntaram sobre os heróis do Brasil falei de Zumbi dos Palmares. Se tivesse outro brasileiro aqui poderia mencionar os Bandeirantes, Tiradentes, Dom Pedro I e Borba Gato. Dimas estava em outro quarto, ele teria mais condição de argumentar do que eu, a nossa opinião é muito importante, tipo, um brasileiro me falar, tem um peso, saca?

Chamei o Dimas pra discussão e ambos debateram. Eu fiquei de lado pensando em como essa garota era chata, o baixo astral dela não era somente pela prisão do amigo. Pra quê levantar essa ideia de heróis!? Parece cristão esperando a volta do messias, acreditando que uma pessoa vai salvar uma nação, quanta ingenuidade! Na moral, cansei desse papo de revolução bolivariana. Tudo é Simón Bolívar. Essa adoração ao Hugo Chávez, como se ele fosse deus é que nem o PT com o Lula, os caras não conseguem criar outra figura. É herói pra um lado, mito pra outro, personalistas e ideólogos. Me irritou, eu já estava travado, queria beber mais, falar de sacanagem. Cara, isso também é uma alienação. Parece que não existe nada além disso e que o chavismo mudaria o mundo, isso só acontece aqui, que prepotência! Me deu mó vontade de ir para o outro lado e ser capitalista, ficar rico, beber whisky, ter um carro caro, ir pras baladas e praias paradisíacas. Dimas pensava assim como eles porque é corintiano doente, fanático. O Corinthians é a sua religião e para os venezuelanos a política também. Deus é fiel.

3º DIA DO FESTIVAL

PISCININHA, AMOR E LULA

Como diz o ditado: quem espera sempre alcança, tá ligado? Chegou o grande dia. A cobiçada piscina foi liberada pra uso, imagine a nossa alegria. Às 9h acordamos com o som do tchibum mixado com berros de felicidade e um a um descemos, sem camisetas só com shorts de tactel, mergulhando, dançando e dançando e mergulhando, agradecia ao céu. A curtição na beira da piscina era como a de um banho de sol do encarcerado. Bora aproveitar o dia, iluminado.

Em comunhão com os argentinos e colombianos fizemos rateio para comprar cerveja, veja, ainda era de manhã. Nenhum segundo podia ser desperdiçado. Alguém propôs um campeonato de natação entre as nações. Nos posicionamos nos blocos de partidas. Carlitos deu o sinal. Os venezuelanos malandros já queriam trapacear na corrida. Na hora do salto um maninho folgado acertou uma cotovelada na maldade no Guilhermo, eliminando a sua continuação, também tomei um chute e não completei a prova, o árbitro não viu nenhuma das infrações. Dimas ficou em segundo lugar. Pra aloprção geral a nação Argentina foi a campeã. Ficamos na nossa, aceitamos a derrota, era cedo, não íamos argumentar. O argentino provocou dizendo que não éramos nada, fregueses no futebol e também no nado.

Com o saco apertado de tanto beber cerveja me dirigi ao banheiro, a porta estava encostada, algo obstruía a entrada, não estava travada. Dei um pontapé e entrei, quando me aproximei do mictório, ouvi uns gemidos, paralisei, o som foi diminuindo até virar sussurro, vinha da área isolada do vaso sanitário, ora se assemelhava a prazer e outra a dor. Era Miguel Angel, diretor do Teatro de Cali, comendo o cu do venezuelano trapaceador. Não era a minha intenção interromper a foda dos manos, só queria mijar, e ao ganhar a minha presença no recinto silenciaram. Eu também evitei fazer barulho desnecessário. O diretor colocou a cabeça, de cima, para fora e recolheu rapidamente ao me notar. Sacudi meu pau e saí em direção a piscina sacolejando o meu corpo ao ritmo do dancehall.

Peguei trinta minutos na lan house pra distrair com a vida alheia, entrar no mundo virtual e deixar de viver o momento. Precisava de um pouco de entretenimento. Mariela novamente cerrou alguns minutos do meu tempo. Ela sempre aparecia mesmo quando eu me escondia. O que ela de fato queria? Bati um fio pra quebrada. Era barato demais, dava até pra falar assuntos triviais com a minha mãe e os camaradas.

Eu, Dimas e os colombianos de Bogotá escapamos da vigilância dos sentinelas trotskistas e caminhamos livremente no bairro periférico de Naguanagua a perder de vista.

Descobrimos uma feira livre de rua, era como qualquer outra feira livre de rua, alinhadas na mesma disposição; frutas, verduras, e uma porção de roupas falsificadas, diferente somente o que seria a barraca de pastel, era um angu num copinho com gelinho e leite condensado, algo teria que ser incomum. Ao nosso lado passaram uns manos gingando ouvindo, reggaeton e fumando um. Era pique os moleques funkeiros da favela, os colombianos coloram neles, desenrolaram o papo sobre fumo. Eu e Dimas nos desvinculamos do bonde e seguimos o nosso rumo.

Desbaratinados, camelamos umas duas quadras até ouvirmos ao longe um som muito alto acompanhado por palavras de ordem revolucionária e seguimos na direção da onda sonora. Paramos a uns dois metros dela, tratava-se de um comitê regional do Partido Socialista Unido da Venezuela, PSUV, fundado em 2007 por Chávez da fusão de alguns partidos da base de governo. E nesta altura já sabíamos que o Lula tinha boa reputação por aqui, o lulismo estava em ascensão assim como o chavismo. Era uma reunião, entramos após o convite de um companheiro que fumava do lado de fora, nos apresentamos de maneira categórica, alguns deles se levantaram para os cumprimentos e antes que perguntassem a nossa orientação ideológica, cantamos:

— *Olê, Olê, Olê, Olá, Lula, Lula!* E nos acompanharam emendando:

— *Ru, Rá, Chávez no se va!* Repetidas vezes, abraçados tirando o pé do chão e sorrindo enquanto exaltávamos nossos dirigentes.

Um senhor de bigode solicitou que sentássemos em um círculo de giz, pois teria que retomar a reunião, o debate girava em torno da conjuntura do país. Os preços dos barris de petróleo estavam altos fortalecendo a economia, dando sustentação aos projetos sociais como a missão bairro adentro, mas a oposição crescia. Eles não aceitavam a derrota e não reconheciam os resultados das eleições. Sabiam que tinham que ficar em alerta a todo instante, pois a elite poderia promover outro atentado para destituir o governo a qualquer momento, um governo eleito pelo voto popular, com apoio da Colômbia e dos ianques.

Voltando pra sede paramos no bar, mas não podíamos entrar, aliás, quase todos os comércios que vi no bairro tinham grades, o assunto da violência aparecia com regularidade. Os colombianos cantavam e tocavam Manu Chao. Nos juntamos a eles e aos frequentadores do boteco na rua do festival. O assunto era política, não existe coisa mais comum do que venezuelanos discutindo política no bar. Cada um sacou seu exemplar em miniatura da Constituição de 1999, todos andavam com ela no bolso, pedi para ler uns trechos, fui presenteado com uma por um moço. E ao nos apresentarem como brasileiros o assunto imediatamente trocava para futebol. A maioria dos presentes preferia a seleção argentina do que a brasileira. Tudo bem que a celebridade deles é bem mais maneira, por exemplo, o argentino tem no braço uma tatuagem do Che Guevara, e apoia o socialismo, enquanto que o Pelé não tem uma do Zumbi dos Palmares, e da política prefere ficar omisso. Mas em campo o brasileiro tem mais vitórias, ganhou muito mais jogos, mais títulos, mais Copas, fez mil gols, então por que será que é considerado inferior? Seria por uma questão geracional, eles não assistiram e nem procuraram a história? Seria por uma questão de idioma, ambos falarem espanhol? Ou seria uma questão de cor já que um é branco, assim como eles, e o outro é preto!?

As pautas de gênero e raça são secundárias no projeto socialista que tenta resolver a questão social primeiro, mas como diria Ângela Davis: *para criar um novo modelo de sociedade é preciso considerar a intersecção de raça, classe e gênero.*

Avistei uma camiseta no fundo do recinto perto do estoque de bebidas que se assemelhava com as que os rappers norte-americanos usavam nos clipes, estilosa. Perguntei que camisa era aquela e me disseram que era do time de beisebol de Carabobo, o *Navegantes del Magallanes*, o mais antigo e mais famoso. Nessa hora bateu um alívio íamos, finalmente, trocar de assunto, mas por aqui se bebe, se veste e se fala de política diariamente.

— *É o time do Hugo Chávez*, emendou o atendente.

E tem como eterno rival o *Leones del Caracas*, a equipe do opositor político Henrique Capriles. São os dois maiores times deste esporte, todas as vezes que se encontravam o fervor batia forte.

O esporte mais popular na Venezuela é o beisebol. Como assim eles gostam de beisebol? Me soa tão americano e capitalista, não consigo associar esta contrariedade. Mas Dimas me lembra que na infância jogávamos taco na rua, taco é o beisebol de rua, verdade. Fechávamos os lodos dos bueiros, pegávamos uns pedaços de pau, a bolinha amarela que vendia na papelaria e pronto, iniciávamos a gritaria que duraria o dia inteiro.

Estava no final do dia e aos poucos a luz natural foi caindo, e os refletores se acendendo já com a peça do Teatro de Cali em andamento, sentamos nas cadeiras brancas de plástico colocadas no meio do calçamento. Ali entendi o sentido daquele grupo, era realmente uma típica trupe de teatro popular, assim como as companhias de comédia dell'arte italianas. Só faltou a carroça, aí já seria romântico demais. Pela primeira vez presenciei um teatro tão próximo dos autos medievais.

O espetáculo era uma livre adaptação da comédia Escola de Mulheres, de Molière. O enredo se passava no século dezoito, a história de um cara que tem pavor de ser corno e pra evitar os chifres cria uma menina desde os quatro anos para que no futuro ela seja sua namorada, porém a moça quando cresce conhece um rapaz mais novo e eles se apaixonam e a trama se desenvolve cheia de presepada.

O David Gomes, o menino especial, interpretava um servo de modo tão vigoroso e autêntico que me deixou de cara no chão com a superação nos palcos. Miguel Angel, que não estava atuando, tentava falar comigo como que pedindo sigilo ao fato de ter presenciado seu ato sexual, dizendo que poderia prejudicar a sua imagem perante o restante da cia e ao festival, dado que a homossexualidade não é vista com bons olhos no velho comunismo ortodoxo. A minha atenção estava voltada para a trama porque eu queria ver como iriam resolver este paradoxo, a sinopse bizarra se aproximava muito mais de uma tragédia do que de uma comédia. Os valores mudam com o tempo. Eu não consegui ri nem pra fazer média.

A clássica cena do casal de apaixonados entregando o bilhete marcando o encontro atrás da igreja, floresceu o clima romântico na rua e as garotas se inspiraram, uma sentou ao meu lado e me ofereceu cerveja. Muitas mulheres vieram nos ver, pois éramos gringos, e gringos são bonitos e tem dinheiro, toda regra tem exceção, era o que tava tendo. Então beijo na boca, pegação e vamos tocar o puteiro.

O camarim dos artistas e o QG da revolução cultural era a casa de uma humilde moradora que vivia numa grande família entre filhos e sobrinhas, ela também vendia bebidas e salgados numa barraquinha em seu quintal. Quando saí do banheiro do QG os meninos puxaram assunto comigo sobre rap, passei via bluetooth vários sons do Hip-Hop brasileiro: Racionais M.C's, Criolo, Emicida, Facção Central e Kamau, e eles dos venezuelanos: Prieto Gang, Apache e Canserbero. Este último é sensacional. Eles não conheciam nenhum dos nossos assim como eu não conhecia os deles, a língua é uma barreira estrutural.

As produtoras nos dirigiam a palavra sempre com muita formalidade, mas ao sacar a máquina para tirar foto ficavam ouriçadas, desarmavam a pose chavista, queriam abraçar, colar bochecha com bochecha, faziam biquinhos e carões, realmente eu tinha dúvida de suas intenções, nos outros momentos severas e aqui maliciosas e ousadas. Tiramos as fotos e voltamos a conexão dos raps com a molecada.

A festividade no bairro foi finalizada com um improviso musical com todas as nações reunidas, até a Irlanda supostamente estava representada. O boliviano fez um solo de cavaquinho. Os colombianos tocaram tambores e sons digitais. Eu mandei um spoken word no improviso rimando com os nomes dos países e Dimas puxou um trecho do samba de Vinicius de Moraes. E os venezuelanos com o violão cantaram o refrão de uma famosa canção popular de Ali Primera.

Na volta emendamos a celebração com mais música, já não havia assentos livres no busão. A cada dia o grupo ia crescendo, coletivos brotavam e ocupavam o meu coração. Fizemos uma roda de música na beira da piscina novamente vazia. Cantamos, tocamos, dançamos, bebemos e fumamos. Não havia muitos momentos de tréguas do debate ideológico. Madeleine, a negra colombiana de Cali, era chamada sistematicamente de morena questionamos o termo. Ela gostava e se dizia morena não entendia como preconceito, explicamos que no Brasil, dentro do movimento negro, este termo não é aceito. Era sensual no jeito de articular as palavras, parecia não sair da personagem, foi para o seu quarto requebrando o quadril enfatizando ainda mais os estereótipos.

Florência, a hermana com desenvoltura de uma circense no auge de seus vinte poucos anos, estava solta na noite caribenha, após ingerir algumas doses de rum, relatou que abandonou o ex-namorado no Peru. Dançava expansivamente, girava, tirou a blusa ficando apenas de top e com um shorts mostrando o começo do bumbum, seus cabelos loiros já estavam bagunçados, seus olhos verdes estavam ainda mais claros, virou alvo de muitos machos, é claro. Dimas como um bom gavião tentou conquistá-la. Me aproximei da roda de cantoria, só pude cantar Violeta Parra:

"Gracias a la vida que me ha dado tanto

Me dio dos luceros, que cuando los abro

Perfecto distingo lo negro del blanco

Y en el alto cielo su fondo estrellado"

4º DIA DO FESTIVAL

CAMINHO PARA CARABOBO

O pátio estava cheio e movimentado ainda no diurno matutino, a companheirada lá embaixo portava bandeiras e faixas com as cores: amarelo, azul e vermelho. Mariela estava ainda mais feliz e brilhante neste dia, apesar da preocupação comum estampada em toda pessoa que faz produção, o trabalho aliado a causa é sempre uma satisfação. O roteiro de hoje consistia em assistir ao Desfile Cívico e Militar do dia vinte e quatro de julho, dia da Batalha de Carabobo ocorrida em 1821, simplesmente a batalha mais importante pela independência do país. Tá, mas viemos participar de um festival de arte e não em missão política. Cada país e cada festival têm suas particularidades e temos que respeitar, né? Eles queriam mostrar pra nós estrangeiros as conquistas e maravilhas de seu país. Partimos a um protesto, a um jogo, ou a uma romaria católica, não importa, só sabia que tinha que acompanhá-los, não teria o luxo da escolha de poder repousar no quarto. Existia uma agenda e tínhamos que cumprir.

Pelo caminho aviões de guerra sobrevoavam por nossas cabeças promovendo um som estrondoso e um temor de um conflito soviético. Tanques de guerra passavam pelas ruas e os soldados acenavam para o povo. Marx dizia que a democracia é burguesa servindo apenas aos interesses dela e que a mudança só seria plena com a ditadura do proletariado. Aqui esta utopia parecia estar próxima porque o exército está ao lado do governo, que por sua vez está do lado do povo católico, me dizia Dimas. O que faltava em Marx era a fé em Deus.

Em torno de uma hora de viagem pela via Troncal Cinco, a uns quarenta e oito quilômetros de Guacara, apontamos no Campo de Carabobo, sudoeste do Município Libertador, próximo da capital Tocuyito.

Jhoan, um sujeito magro de pele bem escura e cabelo liso, nos esperava para monitorar a visita no complexo monumental, um sítio histórico e patrimônio da nação. Fomos recebidos por ele com solenidade e cortesia, como deve ser em todo lugar sagrado, dizia o mano. O campo na real é um grande e bonito parque, bem conservado, limpo, cercado por jardins e árvores podadas, a frente uma avenida bem larga, utilizada na realização do desfile anual, mas também para patinação nos finais de semana.

Uma banda de fanfarra de uns vinte soldados com roupas imperiais passava ao fundo e Jhoan fazia a introdução histórica da batalha. E nos conduzia para as primeiras obras. Dizia em voz alta e cantada:

— *As estátuas são um tributo aos que lutaram pela independência marcando a nossa essência libertária, anti-imperialista e bolivariana.* Os pelos dos meus braços se arrepiaram.

Diário Bolivariano

Ilustração/YAN Comunicação

"Desejo, mais que qualquer outro, ver formar na América Latina a maior nação do mundo, não tanto por sua extensão e riquezas, quanto por sua liberdade e glória".

Kingston, 6 de setembro de 1815
Simón Bolívar, Carta da Jamaica.

Enunciava cada homenageado em bronze sempre com muita reverência, respeitosamente demonstrávamos interesse, Guilhermo disfarçadamente dichavava o fumo e Manolo buscava com o olhar um lugar tranquilo pra acender o fino. Julieta não conseguia se segurar em silêncio, quando não fazia comentários paralelos, interferia na explicação do monitor que pacientemente respondia e tentava seguir seu roteiro decorado, a nossa atenção saltou mesmo quando chegamos à estátua de Pedro Camejo, o Negro Primeiro. O busto lembrava Zumbi dos Palmares, que apenas eu e Dimas conhecíamos. Contou que recebeu o apelido porque era linha de frente nas batalhas e frequentemente repetia a frase: – *"Na minha frente só a cabeça do meu cavalo"*. Era extrovertido e expansivo, fisicamente forte e famoso por ser bom com a lança. Era natural da cidade de San Juan de Payara, no Estado de Apure. Foi escravo de Don Vicente Alfonso, um rico proprietário da região. Percebendo que todos que iam pra guerra voltavam com dinheiro ele resolveu se alistar no exército realista. Participou da Batalha do Araure, no Estado Portuguesa, e em seguida desertou retornando a Apure. Posteriormente se juntou ao general José Antonio Páez, do exército patriótico, e ali conheceu Bolívar que se divertia com seus causos, pela descrição do monitor me fazia lembrar o nosso querido Mussum. E dia vinte e quatro de junho de 1821, ou seja, há um mês do grande confronto, fazendo parte de um dos regimentos de cavalaria da primeira divisão comandada por Páez, na rota para a Batalha de Carabobo, disse:

— *Adeus, meu general.*

—*O que aconteceu? Vai nos abandonar covarde?*

— *Não sou covarde.*

— *Vamos em frente!*

—*Meu general... venho me despedir... porque estou morto,* e morreu aos 31 anos, defendendo o exército branco.

Jhoan terminou a narração dramática imitando o tombamento do Herói Negro deitado no chão caído do cavalo. Aplaudimos sua interpretação dramática.

Bolívar queria libertar a América do Sul dos espanhóis, mas não tinha planos de abolir a escravidão, diferente de Toussaint L`Ouverture no Haiti que lutou pelo fim da escravidão negra e teve um fim trágico pela ousadia num período onde Estados Unidos, Cuba e Brasil eram sociedades escravocratas, e óbvio que não teve respaldo destes países. Até Dimas se assustava com tanta devoção ao Libertador e lembrou que Marx considerava Bolívar um personagem covarde e ridículo. Marx era um europeu, não entendia nada de América Latina.

Paramos em frente ao monumento Arco do Triunfo, construído em 1921 durante a ditadura do general Juan Vicente Gómez, reconhecendo os heróis da independência nacional e a vitória militar em comemoração ao centenário da Batalha de Carabobo. Naquele momento os monitorados eram exclusivamente estrangeiros, passeio para os nativos é anual, por isso preferiram garantir um melhor lugar pra assistir o desfile. O monumento é formado por duas colunas de vinte e oito metros de altura, encontrando-se em um arco triunfal, as colunas foram construídas para simbolizar paz e vitória. Não são somente os franceses que têm seus triunfos apesar de sermos doutrinados a acreditar nisso. Nos livros didáticos só nos apresentam o Arco do Triunfo de Paris, levantado a mando de Napoleão Bonaparte, e exaltam as culturas europeias e norte-americanas anulando as histórias dos povos latinos e africanos. Tá aí: o Arco do Triunfo para a liberdade da América do Sul.

Jhoan me trouxe dos altos pensamentos para o chão quando alterou o tom de voz, mudando de foco e a energia para o Túmulo do Soldado Desconhecido, uma tumba comemorativa em que se encontram os restos de um soldado caído na Batalha de Ayacucho, onde foi selada a independência do Peru sob o comando do general Antonio José de Sucre. A tumba é guardada por dois soldados que permanecem imóveis, o revezamento entre eles acontece a cada duas horas, em coreografia sincronizada.

Isto é realmente muito bonito, homenagear alguém que sequer sabem o nome, sabe-se unicamente que lutou, poderia ser qualquer soldado que morreu e não entrou pra história, isso é corriqueiro na nossa quebrada, pessoas enterradas como indigentes. Inevitável não pensar nas covas rasas da Vila Formosa, do Cemitério da Saudade, Jardim São Luiz. Fiz o sinal da cruz e optei por não rememorar pessoas próximas que já perdi vítimas da violência urbana.

Prosseguimos numa caminhada lenta e silenciosa como numa marcha fúnebre até ao fundo oeste no Altar da Pátria. No topo do monumento em destaque, é claro, a estátua de Simón Bolívar, do lado esquerdo, Santiago Mariño e José Antonio Páez. Do lado direito, Ambrosio Plaza e Manuel Cedeño. A obra do escultor espanhol Antonio Rodríguez del Villar tem sete degraus com uma estrela de bronze no centro em alusão as sete províncias que formaram a Capitania Geral da Venezuela. Acima, três figuras simbolizando a união das três raças que constituem a nação venezuelana: a raça branca, a raça indígena e a mestiça. O mestiço abraçando o branco e o indígena. Seria uma imagem linda se a miscigenação não fosse fruto dos estupros cometidos há séculos pelos colonizadores europeus.

Encontramo-nos com os nativos no meio da multidão com ajuda do monitor. Estavam eufóricos, ansiosos, apreensivos, o desfile aconteceria nos próximos minutos. Mariela comia pipoca doce, seus aparelhos dentais ficaram da cor de seu coração e de seu partido. Estava tudo armado, literalmente, para o início. Chávez apontou no palco e foi ovacionado como um time que entra em campo para uma final de campeonato. Em seguida subiram os chefes de estado das várias nações convidadas pelo próprio anfitrião para fortalecer a unidade latino-americana e também para uma amostra de seu poder bélico. Estavam presentes: o nosso líder, Lula, a presidente da Argentina, Cristina Kirchner; de Cuba, Raúl Castro; da Nicarágua, Daniel Ortega; da Bolívia, Evo Morales; do Equador, Rafael Correa dente outro que não pude identificar. Cada mandatário deixou uma oferenda de flores no sarcófago do Libertador marcando a abertura dos eventos comemorativos.

Dimas levou a bandeira da Democracia Corintiana lembrando a época do jogador Sócrates e da torcida que lutou contra a ditadura militar, e que ainda luta contra todo ditador que no timão quiser mandar, vestia uma camiseta de Cuba, tirava fotos para enviar aos amigos gavião. E tentava me explicar os acontecimentos e as relações entre o bolivarianismo e as revoluções cubana e a soviética. Se emocionou ao ver Raul Castro, me abraçou fortemente, deu um beijo no rosto me agradecendo por ter proporcionado este encontro.

O primeiro a falar foi o general do exército bolivariano, ele saiu de dentro de um tanque de guerra, permanecendo com metade do corpo pra fora, empunhando um fuzil, com um microfone de lapela, fez as falas burocráticas e institucionais da cerimônia assumindo o compromisso das forças armadas com a revolução. Em seguida passou a bola para o presidente da república.

— *Hoje queremos prestar homenagens aos heróis e heroínas da emancipação, que enfrentaram o império mais poderoso daquele momento para nos dar independência, soberania e liberdade!*

Cada frase de Hugo Chávez vinha seguida de gritos e palmas, eram como punchlines dos MC's nas batalhas de rap. Ele lembrou que o continente nunca será uma colônia de potências estrangeiras, graças aos processos que, quase duzentos anos depois, cresceram na região.

— *Aqui estamos todos juntos, civis e militares, garantindo a independência da pátria, mas nunca seremos uma colônia dos ianques. Nossa independência não seria legítima sem a independência da América Latina e do Caribe.*

— *Pow! Pow! Pow!* Gritamos eu e Dimas.

— *Nossa Venezuela é uma pátria especial, com uma história de rebelião. Ontem contra o império espanhol e hoje contra o imperialismo norte-americano.*

Se fosse poeta tiraria cinco dez no slam. Ele é tão carismático e sua fala tão cativante que me tornei um chavista a partir daquele momento.

Passaram primeiramente na avenida os atletas e os campeões paraolímpicos saudando o público. Enxuguei as lágrimas do rosto com a camiseta e tentei acompanhar atento ao evento, meu coração disparava e ainda estava começando. Na sequência grupos de culturas populares se apresentavam divididos por ala, assim como nos carnavais de sambódromo: diabos dançantes de corpus christi, mascarados, diversas manifestações folclóricas do campo, comunidades indígenas também mostraram suas artes e suas próprias representações. Em torno de seis mil artistas populares de todos os cantos do país se mobilizaram para estarem ali. O narrador enfatizou que somente em uma revolução é possível dar visibilidade e incluir a cultura popular através de políticas públicas culturais de democratização e descentralização da verba pública.

- A cultura popular reafirma os valores que a identifica como povo, como filhos e filhas de Bolívar, que se manifestam com alegria e fervor patriótico, liberdade, igualdade e justiça, num ato militar cívico.

Em seguida passaram na avenida: trabalhadores de movimentos sociais e sindicais com bonés vermelhos, bandeirinhas da nação, faixas e bexigas coloridas, estes sem o rigor dos soldados e sem a criatividade dos artistas, mas tão importantes quanto.

Depois foi a vez de passarem as brigadas militares, pois neste dia também se comemora o Dia Nacional do Exército Bolivariano. Os cadetes dos institutos militares desfilaram em ritmo acelerado e coreografado, as mulheres de ternos e saia também marchavam rigorosamente segurando seus fuzis. Bandas de fanfarras, estandartes, grupos de artilharia e paraquedistas, assim como foi Chávez, passavam pela avenida imponentemente. Emissoras de TV cobriam o evento, principalmente canais estatais como o Canal Oito e a multi-estatal Telesur, financiada pelos governos da Venezuela, Cuba, Equador, Bolívia e Uruguai, que nasceu em resposta à hegemonia das grandes corporações estadunidenses, como a CNN, que distorcem os acontecimentos demonizando as lideranças populares.

Aquelas estátuas que acabávamos de ver no passeio ganharam vida com atores representando os principais momentos da Batalha, pudemos acompanhar ouvindo a narração no alto falante que alternava entre vozes masculinas e femininas em locuções dramáticas detalhando todos os generais, comandantes e brigadas, com as participações de cavalos e soldados com roupas de época. Canhões do período histórico eram exibidos e disparavam tiros, e um dos momentos marcantes foi a morte de Negro Primeiro, sendo atingido e em seguida caindo de seu cavalo. Não tem como não associar com o genocídio da população negra atual e todo o massacre durante o período colonial da América, o maior crime da história da humanidade.

No céu a esquadrilha da fumaça fazia seu show de acrobacia com aeronaves russas e chinesas. A polêmica internacional estava na última aquisição feita pelo governo, para ampliar a sua defesa, adquiriram uma aeronave K-8 chinesa, criticada pelo direito internacional, mas até aí, os EUA se armam até os dentes sem nenhum impedimento, compram armas como quem compra doce na vendinha. A K-8 aterrissou na avenida e da cabine saiu a tenente da aviação Yanet Sánches, tirou o capacete balançando os longos cabelos loiros, aplaudida e reverenciada se dirigiu ao camarote para compor a elite da pátria junto aos homens.

Segundo Chávez, o desfile que rememora a data é também uma forma de ratificar o compromisso com os ideais da Revolução Bolivariana.

— *O caminho de Carabobo prossegue, essa batalha foi apenas um ponto no itinerário para as grandes lutas por liberdade e independência e foi fundamental para traçar os destinos da Colômbia, Panamá, Peru, Bolívia e Venezuela. Nosso Exército nasceu como uma grande força anticolonial e sempre que dissermos que a nossa pátria é anti-imperialista, estaremos rememorando o conceito mais importante da batalha.*

Todos estes discursos calorosos me lembravam dos vídeos que assisti do Lula liderando as greves nas fábricas em São Bernardo do Campo. Nossos pais foram operários, trabalharam nas montadoras de veículos nos anos setenta e oitenta no Grande ABC. Não é a toa que os dois presidentes têm tantas semelhanças e proximidade.

— *O Socialismo do XXI deve nutrir-se das correntes mais autênticas do cristianismo, sem abandonar o marxismo e as ideias de Bolívar.*

Hugo Chávez fechou a cerimônia parabenizando todos que participaram do evento e definiu esse desfile como o maior e mais representativo da história. Pediu aos soldados para se comprometerem com os interesses da população venezuelana. E se ele viesse a cair o povo estaria autorizado a fazer a revolução.

A figura que se endeusa neste dia é a de Simón Bolívar, mas o plano de transição de ícone me parece ser Hugo Chávez, de tão personalista que é, assim como Lula e como foram Getúlio, Perón e Samora. Daqui um tempo sua imagem estará em todas as praças do país eternizada em estátuas de bronze.

Do mirante observava a cidade, as montanhas, tentando fazer as conexões, entender a nossa história. Mariela se aproximou, e juntos permanecemos calados olhando para o horizonte. Após um pequeno tempo ela quis saber a minha impressão sobre o desfile, em tom de voz baixo soltando mais ar que o normal. Acho que ela me viu chorar. As luzes começavam a acender ao longe. O grupo estava disperso tirando fotos e rindo cada um em um canto. Os colombianos embaixo estouravam uma bomba próximos da árvore. Eu e Mariela conversávamos mantendo o volume baixo. Passei a mão na ponta de seus cabelos. Ela inclinou o pescoço e abriu meio sorriso, prendendo a respiração. Passou sua mão direita em minha testa escorregando para a orelha, olhando fixamente nos meus olhos. Kátia e Carmem, como diabas católicas apareceram e nos chamaram para ir embora evitando a luxúria em público.

Capítulo 9 - NAGUANAGUA

5º DIA DO FESTIVAL

SHOW DOS COLOMBIANOS

Após o café da manhã deveríamos escolher o roteiro e optamos em seguir os colombianos de Bogotá para uma apresentação que fariam num bairro ao sul de Valência. Enquanto passávamos de van pelas ruas comerciais a produtora Carmen, cria da quebrada, dizia que ali se encontravam as melhores arepas do país, o que menos eu queria naquele momento era arepa. Estávamos no embalo de assistir por fim aos shows das duas bandas colombianas e fumar maconha até a última ponta acabando com todos os nossos neurônios.

Um palco com estrutura gigante foi montado em uma praça espaçosa do bairro. Acompanhamos os músicos no camarim por dentro dos andaimes. Era outro festival, esse exclusivamente de música e não tão panfletário, porém também internacional e de esquerda realizado em parceria com o partido socialista francês. Chegamos cedo, os técnicos ainda montavam equipamentos de som e luz. Encontramos barracas de comidas na calçada ao lado do palco, comemos um hot dog daqueles que você evita olhar muito pra não temer o dia seguinte. E ao redor não havia ninguém para nos controlar, Carmem sozinha não tinha condições de nos vigiar. Demos um rolê de boa no entorno pra aproveitar o momento de liberdade. O comércio estava fechado e as ruas vazias. Você luta tanto para ter liberdade e depois que a conquista, pensa: o que fazer com ela? Retornamos a praça.

Uma adega estava aberta, vendia cervejas pilsen baratas, era o que nos restava na tarde ensolarada. Nos enturmamos com um pessoal que também bebia na calçada. Uma moça no dialeto suburbano me convidou pra ir à praia. Eu não entendia espanhol e muito menos espanhol falado na gíria por uma pessoa bêbada. Queria que eu a levasse pra se banhar, faltava companhia e eu parecia ser um bom partido, mas eu não sabia onde ficava a praia, só via montanhas nos cercando, eu estava a pé, não vestia roupas adequadas. Seus amigos e os colombianos caíram na gargalhada com a minha falta de desenvoltura na conquista. Ela me abraçou forte, vestia um short jeans curto desfiado, bem apertado e uma regata salmão mostrando a barriguinha saliente, começou a beijar o meu pescoço, eu sem graça coloquei o braço direito em seu ombro e cambaleamos equilibrando as latinhas de cerveja, me esquivava de sua boca, bebia mais cerveja e um destilado que circulava entre a rapa.

Em determinado momento todos os seus amigos sumiram e eu não sabia onde estava Dimas. Com o cambalear de um lado e com a visão turva do outro entramos num beco como de um cortiço, subimos uma escada de ferro sem corrimão, caímos em um quarto pequeno, sujo e bagunçado. No quarto havia uma banheira antiga, seria essa a praia que me convidara?

Voltei à praça de uma forma mágica e fomos chamados ao palco pelo mestre de cerimônias, ainda era de tarde, meu amigo estava sentado na calçada fumando maconha junto de Guilhermo e Manolo, dei-lhe um tapa na cabeça e subimos. Discursamos no show ao ar livre pedimos a união da América Latina. Nunca havíamos feito um discurso político antes. Fomos aplaudidos por uma plateia parca e dispersa, mas já foi muito emocionante, por um minuto me senti um revolucionário combatente. Os colombianos vibraram:

— *Ronaldo! Ronaldinho!! Brazil!!!*

Um sujeito se dizendo de uma rádio veio até nós, perguntou sobre o cinema de Glauber Rocha e da literatura de Rubem Fonseca. Fingi que conhecia os dois, pedi a inclusão do Brasil nessa discussão e que levaria estas pautas ao presidente Lula. Ele concordava, sem entender muito o idioma português, e sua dicção saía embolada, a interferência do som alto das caixas entoando no ambiente prejudicava o diálogo. Nos abraçamos e compartilhamos um cigarro, e o despistei, seria o único dia sem guardinhas na bota nós tínhamos que aproveitar.

Como sempre os colombianos portavam ou sabiam onde encontrar marijuana. Carmem e suas amigas do bairro encostaram quando estávamos bolando, nos apresentou a elas e as convidamos pra beber e dar uns pegas conosco, elas toparam queriam saber mais sobre o Brasil, formamos uma rodinha. Eram várias garotas jovens, bonitas e se pá solteiras, os colombianos estavam eufóricos e secos pra tirar o atraso, parecia que nunca tinham visto mulher, e para continuarem na secura foram chamados para passagem de som, Diego chegava a tremer de raiva, rangia os dentes e estalava os dedos, por ele cancelaria a passagem técnica só pra continuar no papo, foi puxado pelos demais de sua banda.

A função de Carmem consistia em levar e buscar e a nossa era curtir. Então nos convidou para um giro na intenção de buscar mais cervejas, conversar sobre as particularidades do nosso país e as nossas impressões da Venezuela. Saímos de Van: eu, Dimas, Carmem e suas amigas.

Nestes encontros é insano querer aprofundar qualquer assunto, na real ninguém quer saber a fundo é só pretexto para desbaratinar. E não podia fazer a crítica aos estereótipos das misses mundo e universo tampouco as mulheres no carnaval carioca, o papo ficaria sério, moralista, depressivo. Elas queriam saber das maravilhas vistas nas novelas da Globo. E contrariando as nossas convicções ideológicas apresentamos um Brasil que não gostamos, que não acreditávamos e que na real nem existe, para agradar as nativas e com isso conquistar seus corações. Canalhas em potencial, assim me senti. Bêbado, chapado e no cio. Mas estava tudo no campo das ideias e na argumentação saborosa das mil maravilhas das belezas femininas de ambas nacionalidades.

Uma banda de rock da região abriu o evento. Quando o som está alto temos que falar bem no pé do ouvido e isso provoca uma proximidade física que pode ser decisiva quando bem aproveitada. Encostei na loira, o nome dela era Jennifer, tinha me dado mais abertura. Dimas chegou na de cabelos escuros, a Betânia, e ainda tinha mais três para investir além da Carmem, que não sabíamos qual era a dela.

Um mano baixinho e troncudo com o boné pro lado do N.W.A se aproximou de nós cambaleando e falando alto. Éramos de outra área e estávamos de graça com as minas dali, isso é inadmissível no universo heteronormativo de qualquer quebrada. Me desloquei para o lado e me mantive de frente para o louco, assim, caso me atacasse teria condições de reagir antes do primeiro golpe.

A banda La Sosa entrou no palco, tirei a loira pra bailar a salsa e o merengue, quando a gente está bêbado se dança qualquer estilo musical, quer dizer, não se dança de verdade, mas você acha que sabe e não tem vergonha de ser desengonçado. Luzes coloridas, fumaça artificial e música boa. Ficamos felizes em ver o show dos nossos novos amigos, eles contariam essa história por anos. E nós, nas condições plausíveis de esquentar os lençóis naquela noite, estávamos daquele jeito. Tive orgulho de aplaudir e dizer que conhecia os músicos. Um gordinho de longe parecia me encarar. A banda tocou mais duas músicas e eu não desgrudei da mina.

E em seguida Los Panas com o rock levantaram a plateia, a praça estava lotada, o bate-cabeça começou pequeno e aos poucos foi crescendo, Jennifer queria assunto, não parava de falar, eu já não tinha mais o que dizer, não sabia se ficaríamos apenas na conversa então pensei seriamente em entrar na voadora no meio do bate-cabeça para me divertir. Não muito longe percebi uma confusão que aparentava ser entre os malucos da própria região, e então uma roda se abre, uma muvuca se forma. Dimas estava do outro lado com a mina, beijando, avancei para perto e um cara parecia que tinha tomado umas facadas, estava caído no chão com a mão sobre a barriga. O cara com o boné do N.W.A na ponta me encarou. Outros trocavam socos e chutes, e uns continuavam no violento bate-cabeça. As minas gritavam. Peguei uma garrafa de vidro e segurei numa mão para o confronto. Jennifer me segurou. O N.W.A era o que mais batia.

Uma garrafa de vidro foi estourada no chão. Dei um beijo na loira. A banda acelerou o ritmo entrando no hardcore pesado. Chegou a primeira viatura da polícia, a produção tentava inibir a treta, sentimos o spray de pimenta, ouvimos as bombas de efeito moral, o bate-cabeça aumentou, nas laterais as pessoas corriam, escapamos entre os andaimes puxados pelas minas, chegamos ao camarim, os colombianos estavam de boa, uns descansando, outros com a energia ainda alta, fumavam maconha e bebiam rum. Os shows foram fodas. De fundo dava pra ouvir o som de uma banda de rock indie francês. O som parava e voltava até que cessou de vez, permanecendo apenas o som dos tiros e das pedras nas vidraças e latarias.

Escapamos pra pegar a van, andamos uns 50 metros, na praça o cenário de guerra, garrafas no chão, lixo, cacos de vidros, giroflex. Carmem cumprimentou os últimos que sobraram na festa. Pediram desculpas, havia um acordo, porém uns se alteraram e seriam cobrados no dia seguinte.

Todos pra pousada! Ordenou Carmem, inclusive suas amigas.

Estava tarde, sinistro, perigoso para elas voltarem para casa. As luzes do quintal da pousada estavam apagadas, mas a galera de Bogotá não sabe se comportar e já começou causando com um som alto no hall, buscaram fumo no quarto e nós que tínhamos garrafas de rum muquiadas, socializamos. Uma turma que estava nos quartos desceu. E a balada em mais uma noite caribenha estava armada. Diego tentava a todo custo conquistar alguma garota em um desespero bizarro. Eu e Jennifer aos beijos rolamos para um dos quarto atrás da pilastra, Miguel Angel e Paolo se pegavam, fecharam a porta nos empurrando pra fora. Chupadas, mordidas entre amassos e entrelaços. No quarto ao lado Carmen lambia os seios de Florência, a loira me largou e atacou Carmen e as três se beijaram. Carmen apagou as luzes, trancou as portas e janelas. Dimas levou Betânia para o nosso quarto, abriu a porta e viu Guilhermo no colchão no chão transando sob o cobertor e Manolo no beliche praticando sexo oral com uma chica. E assim podíamos completar a frase: sexo, drogas e rock'n roll.

Diário Bolivariano

6º DIA DO FESTIVAL

RETICÊNCIAS

Este dia destinava-se a pegar em armas mas não conseguia nem pegar num copo de água.

153

Capítulo 9 - NAGUANAGUA

7º DIA DO FESTIVAL

PALESTRAS

ENQUADRO E FUTEBOL

Uma imagem com desfoque projetada de homens feridos em confronto acabava de ser ajustada na parede interna da sede do Ministério Popular de Cultura quando estiquei meu pescoço para dar uma bizioada no salão, seria uma manhã dedicada a palestras e a formação política. Na calçada um grupo de jovens estudantes da Universidade de Carabobo expressava inquietude, algumas delas muito gatinhas, estavam tímidas, normal para os calouros, os participantes do festival e alguns moradores da base compunham o quórum. No muro em frente a imagem pichada do opositor político Henrique Capriles, com chifres, e ao lado Chávez: o coração do povo.

Maldonado, o venezuelano irmão da Mariela que ganhava a vida se fantasiando de Jack Sparrow, exibiria um filme e conduziria o debate após a sessão. Lúcia, uma das universitárias, parecia uma italiana dos campos de uva, se sentou ao meu lado e abriu um sorriso de soslaio tirando minha atenção.

O filme projetado por Maldonado chamava-se Ponte Llaguno, *chave para um massacre*, sobre o golpe de Estado sofrido por Hugo Chávez em 2002, conhecido como o massacre de 11 de abril que deixou dezenove vítimas fatais e centenas de feridos.

Uma manifestação opositora liderada por políticos de direita, convocada abertamente pelos grandes meios de comunicação, proferia discurso de ódio e antidemocrático, o político que mais se inflamava era a imagem e semelhança de Conte Lopes e Paulo Maluf juntos, ordenava o povo a repetir:

- *Renuncia Já!*

- *Nenhum passo a trás!*

- *Chávez bandido, Fidel é seu marido!*

E de uma maneira irresponsável convocou a massa reacionária a sair da rota combinada para se dirigirem ao Palácio presidencial de Miraflores, onde defensores do Governo também se manifestavam, os chamados Círculos Bolivarianos: organização popular de esquerda das comunidades pobres que recebiam semanalmente treinamentos de tiros. No meio do caminho começam a surgir conflitos com paus, pedras e alguns feridos, provocando um caos seguido de gritos e correrias, os feridos eram de ambos os lados. Franco-atiradores camuflados distribuídos estrategicamente nos grandes prédios provocavam o pânico. A polícia metropolitana atuava contra o governo federal disparando balas aleatoriamente, aumentando ainda mais o cenário apocalíptico.

Uma imagem se repetia por diversas vezes na TV: um homem de boina vermelha em cima da Ponte Llaguno na altura da avenida Baralt, descarregava sua pistola para algum alvo a baixo, supostamente contra o grupo de oposição, e se jogava no chão. A cena focava apenas no atirador, não era possível ver em quem ele atirava, mas o comentarista de direita e sensacionalista dizia:

— *Cinco pessoas foram atingidas por este monstro!*

Essa cena foi usada para justificar o golpe de Estado em Chávez com o álibi de que ele era um assassino que autorizava seus homens a atirar contra manifestantes pacíficos, assim são chamados todos os manifestantes de direita, pacíficos.

Lucia se esbarrou em mim pedindo licença para outras amigas sentarem no colchonete. Fui um pouco pra frente, ela abriu um sorriso e não tirou seus olhos dos meus. Voltei a atenção para o filme, queria ver em quem este mano estava atirando.

No filme jornalístico e investigativo essa cena se repetiu diversas vezes e a analisavam. A mídia televisiva cobriu toda a manifestação da oposição por mais de seis horas e a manifestação a favor do governo foi transmitida por apenas vinte minutos. A TV estatal foi tirada do ar e só os canais privados exibiram as informações, rompendo a comunicação entre o governo e o povo. Chávez foi preso e imediatamente um novo governo interino assumiu o poder, com o apoio de líderes da igreja católica, da mídia e dos Estados Unidos.

No dia seguinte houve panelaço e rojões nas zonas ricas contrastando com o silêncio da favela.

O canal mais antigo do país, a RCTV, informava que Chávez renunciara o cargo. E aos poucos o povo foi se questionando, querendo saber o paradeiro do líder que eles elegeram.

— *Onde está Chávez?* Se perguntavam nos becos e vielas.

Moradores das comunidades do Catia, Petare, 23 de Fevereiro se dirigiram em frente ao palácio de Miraflores:

— *Queremos ver o Chávez!*

Uma parte do exército se voltou contra o governo interino e tomou o poder, prenderam o golpista, resgataram Chávez em uma prisão, e junto ao o povo colocaram novamente na cadeira presidencial. Ao chegar de helicóptero foi ovacionado por milhares de pessoas.

A TV estatal foi reaberta e a verdade veio à tona, dois dias após o golpe. Uma câmera conseguiu pegar um ângulo mais aberto mostrando que não havia manifestantes na direção que o bolivariano atirava, ele na verdade atirava para o alto contra os franco-atiradores, a rua estava deserta, a manifestação pacífica não passou por aquela rua. Mas a imprensa só mostra o que lhe interessa, finge neutralidade e imparcialidade, mas age de acordo com os interesses de seus anunciantes.

No meio do debate levantei a mão e tirei a dúvida sobre o caso da emissora de televisão que havia sido fechada por Chávez. Queria saber se tinha relação com este fato:

Maldonado respondeu:

— *O governo não renovou a concessão de transmissão da RCTV por terem apoiado o violento golpe contra Chávez que como acabamos de ver, foram desonestos. O canal também desrespeitou a Lei de Responsabilidade Social, pois se negava a transmitir conteúdos governamentais, prestando mais uma vez um desserviço à população, além de terem praticado um crime de comunicação censurando o governo.*

O fechamento da TV gerou panelaço nas regiões antichavistas de Caracas, no Brasil até mesmo os amigos progressistas condenaram a medida, e alguns esquerdistas consideravam o governo chavista um regime ditatorial que distorce os princípios do socialismo. Como se as emissoras brasileiras não sonegassem impostos e não escolhessem os candidatos presidenciais. Nesse momento minha mente se abriria radicalmente não só sobre a política venezuelana, mas para a América Latina.

Como diria o poeta Gil Scott-Heron: "A *revolução não será televisionada*"!

Julian, o músico boliviano alegre e saltitante exibiu um filme ficcional de produção independente que contava a trajetória do presidente Evo Morales, o primeiro indígena a assumir a presidência em um país predominantemente indígena. Um lugar que teve sua terra devastada pela extração cruel e devastadora de ouro e prata na região de Potosí pelos colonizadores. Financiando a revolução industrial na Europa, chegou a ser a cidade mais rica do mundo e atualmente é uma das mais pobres. Ao término do filme fez um depoimento emocionante, escorrendo lágrimas de seus olhos, falando da relevância e representatividade que teve para seu povo a eleição de um indígena. Falou do Túpac Katari, Túpac Amaro, da Revolução do Gás, e de vários antepassados guerreiros que lutaram pela libertação de seu povo contra o imperialismo espanhol. Foi lá que Che Guevara tentou fazer mais uma revolução e acabou morto e foi lá também que Simón Bolívar morreu. O seu país recebeu o nome Bolívia em homenagem ao Libertador. Por esta e por outras estava junto pela causa bolivariana.

Foi aplaudido de pé e se emocionou novamente, levantei e fui lhe dar um abraço. E percebi que no meu bairro existem vários bolivianos e eu quase não tive contato com eles, apenas jogando bola no parque ecológico, mas sempre os vemos como diferentes e distantes. Eles constantemente sofrem discriminação por não falarem português e por se parecerem com índios, como se isso fosse ruim. Dei outro abraço e comentei sobre a exploração que sofrem no Brasil nas fábricas de costura e ele respondeu que muitos de seus amigos estavam nessa situação, quase escravista, e que ainda assim vivem muito melhor que na Bolívia. É preciso mascar folha de coca para aliviar a fome, a tontura e o cansaço em uma das cidades mais altas do mundo. Sua família morava em Potosí na Cordilheira dos Andes, eram mineiros, extraiam estanhos e prata e como consequência contraíram doenças respiratórias e morreram cedo. Nunca se adaptou ao trabalho nas minas e aos vinte anos saiu de sua cidade para conhecer outros lugares, outras culturas. Me deu outro abraço.

Fomos os últimos a palestrar, havia colocado uma roupa nova, a única limpa. Estava com as anotações no caderninho e os arquivos no pendrive. Dividimos a apresentação em dois temas: Dimas ficou com a política e eu com o teatro.

Dimas exibiu slides com fotos dos Centros Educacionais Unificados, os CEUs, todos ficaram impressionados com a estrutura e a territorialidade que estes equipamentos estavam inseridos. Mostrou também sobre as políticas culturais para a juventude das periferias conquistadas por lutas dos movimentos juvenis através de programas de financiamento de coletivos artísticos. Gráficos com os avanços sociais nas gestões do Partido dos Trabalhadores nas áreas que até então eram esquecidas como o norte e o nordeste: luz, água para todos. Relatou o processo escravagista brasileiro que ainda deixava marcas impedindo a igualdade e o respeito. Sempre que tocava na palavra oprimido a colombiana antipática Julieta torcia o nariz, cochichava, *este termo está ultrapassado*, dizia.

Para não ficar somente na teoria propus uma vivência teatral. Pedi para uma pessoa se dirigir ao centro e criar uma imagem estética com o corpo que representasse a opressão. Uma segunda pessoa teria que ir e criar outra imagem que desconstruísse aquela ideia moldando o corpo de outrem, propondo uma imagem ideal que mostrasse uma relação não opressora, os espectadores-atores agiam como escultores. E assim por diante, até atingir o número estabelecido. Criando no final uma única imagem com o consenso coletivo de como se libertar da opressão, todos nós debatemos através da metodologia de Augusto Boal. Julieta por fim superou sua aversão a palavra opressão, sendo uma das mais atuantes no exercício e ao término da nossa palestra era a mais simpática da turma.

Pausa para o almoço. O grupo foi dividido em dois: o nosso recebeu marmitex com feijão preto, arroz, banana cozida e frango. E os outros um kit lanche. Lamentaram não ter comida para todos. Houve quem reclamasse. Caminhamos todos a pé para a praça Simón Bolívar. A programação de apresentações artísticas começaria a tarde.

Maldonado me levou de moto para conhecer a sua favela, o dia estava chuvoso, as ruas eram planas e de terra, pareciam assentamentos do MST. Chegamos a sua casa, conheci sua mãe, senhorinha sagaz e profética, na porta a imagem de Chávez e de Cristo na mesma altura e importância, ela nos mostrou as fotos que tirou com o presidente, lá também era a sede do grupo de cultura popular, as roupas estavam estendidas de uma maneira bem organizada em araras. A casa não tinha divisões por cômodos. Me disse em tom de testemunho que só tem o seu teto por causa do Chávez. E antes de partir me presenteou com livros e CDs da cultura popular venezuelana, e um DVD com músicas cantadas por Chávez.

Adiante passamos na rua de uns amigos de Maldonado, gente muito humilde, ele queria me mostrar para seus amigos, afinal não é sempre que aparece um gringo na sua quebrada.

Em vários lugares as lutas de moradias populares estão atreladas as pastorais. Em Buenos Aires é o Padre

Carlos Mugica, em São Paulo, o Padre Ticão. É o poder do clero influenciando na gestão habitacional. Eu só podia falar mal do Ticão em pensamento porque Dimas foi coroinha dele quando morava com seus avós em Ermelino Matarazzo, na comunidade Santa Inês, e lá esse padre é rei, tem mais prestígio que prefeito, qualquer político pra se candidatar tem que pedir benção na sua paróquia.

Na saída da favela tomamos um enquadro da polícia. Policial é igual em todo canto, grosseiros, racistas e classistas, quando essas pessoas vestem as fardas é como se colocassem uma armadura de ferro de homem do futuro, congelando e blindando qualquer tipo de emoção. Como não eram federais não estavam de acordo com a gestão do país, não poderíamos utilizar os argumentos que estávamos a favor do governo. Abriram nossas mochilas, tiraram e apertaram tudo. Pediram os documentos, informei que estavam na pousada. Estranharam o motivo de eu estar em uma área não turística, então poderia ser um contrabandista ou um refugiado ilegal. Maldonado dialogou com os porcos, vazaram não muito satisfeitos.

— *É a nossa aparência, hermano.* Comentou Maldonado.

Passamos por uma quadra onde jogavam futebol de salão. Em campo um rapaz com a camiseta da seleção brasileira de futebol, a famosa amarelinha. Fizemos próximo e entramos no jogo, afinal futebol também é revolução.

8º DIA DO FESTIVAL

TEATRO DE SOMBRAS

Bombetinha faz um gol entre as traves de chinelos de dedo, comemora, Ana Clara o chama para comprar doces na vendinha. Ele vira a sua bombeta para frente no estilo menino comportado, enxuga o suor do rosto com o braço direito e seguem, mas antes de dobrar a esquina seus amigos o chamam para continuar a partida, apesar do bonito gol seu time ainda perdia por dois a um.

— *Bombetinha! Bombetinha! Vem, mano!*

Ana Clara que já estava na esquina também o chama:

— *Bombetinha! Bombetinha! Vamos!*

Terminei de fazer a voz da mãe do Bombetinha e troquei as silhuetas para retornar ao personagem principal. Dimas fazia as vozes dos meninos. Dei uma espiada para o lado e notei as crianças concentradas no espetáculo. Não dominávamos o idioma, devia estar soando meio estranho os pequenos momentos de falas do espetáculo, mas o teatro de animação tem essa vantagem, as ações dos bonecos falam por si, contam sua história, criando a sua própria dramaturgia.

Em seu quarto sozinho Bombetinha retira o boné e um cabelo enorme se arma tomando conta de toda a tela. Ele olha no espelho e rapidamente se recolhe. Coloca o boné em cima da cômoda. Deita na cama. A luz cai. Um forte vento entra pela janela entreaberta.

Música de suspense. Ele dorme profundamente. A luz se acende. Se levanta. Procura seu boné, revira o quarto, não encontra. Fuça novamente em ritmo acelerado. Caminha de um lado para o outro. Coloca as duas mãos na cabeça. Seus amigos o chamam no portão. Escuta. Passa a mão nos cabelos, abatido caça com os olhos em cima dos móveis e nada. Ana Clara está parada do

Ilustração/YAN Comunicação

outro lado da rua esperando Bombetinha sair, ele a vê pela janela, abaixa a cabeça e solta os dois braços. Deita-se na cama. A luz cai. No fundo o céu estrelado.

Acorda, vasculha a casa inteira voltando aos mesmos lugares inúmeras vezes. Anda de um lado para o outro, porém devagar. Ele para. Seus gestos ficam mais econômicos e os movimentos limitados. Senta no sofá diante da TV e ali permanece imóvel, passivo, assistindo algum programa alienante. Seu irmão chega da escola, liga o DVD para assistirem ao filme Bamboozled - A hora do show, do Spike Lee. O irmão senta ao seu lado. E aos poucos Bombetinha leva as duas mãos em direção a cabeça. Massageia os cabelos. Vira-se para os lados. Para diante do espelho. Gira o rosto para o lado oposto. Olha novamente para a TV, reproduz o que assiste. Corre para a estante, pega um grande e velho dicionário e pesquisa palavras, folheia, folheia e folheia. Encontra uma: Kamau: o guerreiro silencioso. Deita num canto e permanece pensativo com o dicionário na mão.

Levanta, pega um pente, vai até o espelho, penteia os cabelos que ficam ainda mais armados, cheios como uma árvore baobá. Abre o sorriso. De postura ereta ele sai de casa, seus amigos ao vê-lo pela primeira vez sem o boné dão risadas incessantes. Ele não se importa, os amigos param de rir e permanecem em silêncio, impactados.

Ilustração/YAN Comunicação

Capítulo 9 - NAGUANAGUA

Bombetinha e Ana Clara se olham. Ela da esquina coloca as duas mãos no rosto e sai correndo.

Ele não para pra brincar de bola com os seus amigos e nem vai atrás de Ana Clara, como sempre fazia. Segue o caminho oposto. Anda com o peito aberto e confiante. Música: Respeito é pra quem tem, do Sabotage, sobe gradualmente nas caixinhas do Paraguai.

Saímos de trás do teatrinho, cada um por um lado, de mãos dadas recebemos os aplausos da plateia. A criançada avançou correndo para trás do teatro querendo ver e tocar nos personagens, alguns nos abraçaram, tiraram fotos, a produtora Mariela sorria e agradecia tentando conduzir o público para a próxima atração do festival.

Precisava trocar de roupas, tirar os figurinos pretos e pôr roupas leves, me dirigi ao fundo para desmontar o cenário, a estudante Lúcia estava me aguardando, pegou na minha mão, me abraçou forte e demorado dando os parabéns. Deu seu feedback do que acabara de assistir com um sentimento muito doce e meigo, me olhando envergonhada, ficamos sem pronunciar palavras, ela me deu outro abraço apertado agradecendo também pela palestra. Mariela entra no meio e pede para tirarmos rapidamente o cenário para não atrapalhar a próxima apresentação. Dimas, como um bom parceiro de trabalho e de vida, se encarrega de desmontar e guardar a cenografia e os adereços. Eu e Lúcia caminhávamos para o final da praça falando e rindo enquanto rolava uma performance musical infantil. Mariela então me chama:

— *Jackson! Jackson! Venha assistir a apresentação autóctone.*

E Lúcia dobrando a esquina me convida:

— *Jackson! Jackson! Vamos?*

CAPÍTULO 10

Shutterstock/Featureflash Photo Agency

LHA MARGARITA

*"como sonhei em tá aqui um dia
crise, trampo, ideologia, pause
é aqui, onde nóis entende a Amy
Winehouse"*

"Hoje Cedo", EMICIDA

Carmen me puxou do profundo sono ao arrancar os nossos lençóis com sua boca carnuda e seus olhos negros de pantera, os cílios postiços e brilhantes me congelavam ao piscar, e piscavam apaixonadamente. Carregava na face uma maquiagem no estilo Frida Kahlo, provocava calafrios ao me chamar de Riviera, eu me sentia grafitando os muros. Usava colares de prata que iam até a divisa de seus seios, gemeu para que nos arrumássemos, nos satisfizemos como serviçais diante da deusa libertadora. Descemos aos pulos.

O cavalo marinho da escadaria piscou pra mim. A nossa espera, no estacionamento, um cabuloso carro branco decorado com luzes e balões com o rosto de Lênin. Ela sorria, passava suas mãos e unhas grandes e vermelha soviética arranhando nossas cabeças enquanto colocava música. A motorista era uma mulher enorme, usava anéis de roqueira sado-maoísta. Eu senti a presença de Anita quando ela abandonou o volante e olhou para nós, apontando seus seios venenosos como Hidra de Lerna.

Acelerou, ligou o turbo. Carmem chupava um pirulito no formato do mapa da América Latina, nos ofereceu uma bebida azul que saia fumaça e tinha uma fruta na ponta, comi a fruta e lembrei que poderia estar no paraíso e por isso ser expulso, cuspi a fruta e peguei outra bebida quente. A vida parece que é de mentira. Ela encontrou a música que procurava: Roberto Carlos. Cantamos como uns negros gatos correndo demais pela estrada Troncal Um, e eu querendo fumar um, pedi pro Dimas mas ao me dirigir a ele, sabia que era ele, mas com o rosto do Fela Kuti, estava de cuecas passando mentalmente a sua música, na frente as duas se beijavam, a minha mente girava, eu olhava pra elas e via a Simone de Beauvoir e a Pagu, mas não eram elas. Elas não estavam se beijando.

Saltamos da carona alucinada na zona portuária de Caracas, entramos num barco com a placa indicando a Ilha Margarita. Abri minha camisa social florida e contemplei a paisagem do mar do Caribe enquanto fumava um charuto cubano e degustava um drink norte-coreano de ginseng e arroz tostado.

No hotel, uma piscina olímpica, no canteiro ilhas com iguanas, vários playboys e patrícias, porra! Subimos pro quarto, queimamos um baseado. E na hospedagem ao lado uma mulher gritava em paralelo quebrando a mobília. Fui reclamar e era Amy Winehouse. Seu empresário pediu desculpas e deu-nos um envelope com uma nota de cem dólares.

Fomos a praia em frente, nadamos como golfinhos no parque aquático de Los Angeles. E dentre a plateia estava a pop do jazz contemporâneo londrino, Amy. Eu e Dimas nos aproximamos, ela nos cumprimentou, estava mais louca que nós dois juntos, mas segundo ela somente de bebidas e maconha, estava ali para se reabilitar. Seu namorado, por quem era apaixonada, voltou às drogas pesadas e a mandou passear, e ela voltava à escuridão. Trocamos ideia enquanto pulávamos ondas. Dimas, o psicólogo, falava sobre depressão e o setembro amarelo.

Na varanda do hotel eu escrevia e Dimas tocava violão tirando samba-canção, bossa nova. Amy estava sentada na cadeira ao lado e do nada se levantou, tirou a parte de cima do biquíni roxo e sai correndo dizendo frases incompletas, os hóspedes horrorizados tiravam fotos. Depois retornou tranquilamente, acendendo um cigarro. *Você sabe que eu não sou boa, te disse que eu era um problema. Isso é mais forte que eu.* Mostrei-lhe um poema que acabara de escrever, gostou, prometeu gravar quando retornasse a Londres, se retornasse. Me deu um selinho e na sequência um grito:

— *O amor é um jogo de azar!*

Nós aqui: eu e Dimas tirando onda com a Amy, imagina se ela fosse no Brasil. Imagina ela na nossa quebrada tomando uma cerveja na favela. Tentamos convencê-la a retornar com a carreira e fazer um show em São Paulo no Estádio do Morumbi ou no Maracanã, seria estouro, depois faríamos um sarau na casa do Jorge Ben no Rio de Janeiro, ia colar Mano Brown, Caetano Veloso, Camila Pitanga, Romário, nós viraríamos amigos dos caras, e depois seríamos convidados para outras festas e shows. Seríamos pessoas importantes no nosso país. Ela se empolgava com as nossas histórias e às vezes duvidava, tirava uma com a nossa cara, quebrava um copo, e pedia outro para encher novamente. Chorava compulsivamente, não enxugava as lágrimas, pois elas secam sozinhas. Me tirou para bailar salsa, porém meu mundo já dava mais giros do que uma roda gigante londrina. Abri outra long neck.

CAPÍTULO 11

VIRIGIMA

acervo pessoal

caminhando contra o vento
sem lenço e sem documento
no sol de quase dezembro
eu vou

Alegria, alegria, de Caetano Veloso

Carmem nos acordou com um cutucão, tirou nossos lençóis bruscamente, acelerando. Descemos. Batistuta se levantou para a despedida. Fiz um carinho em sua cabeça, retribuiu se roçando nas minhas pernas. Dimas pegou-o no colo e deu-lhe um beijo. No estacionamento um pequeno carro branco. Batistuta nos acompanhou até o portão. Partimos. O motorista era um homem gigante, usava anéis de roqueiro, estava com sono, era cedo, e para não dormir ao volante, Carmen chamava a sua atenção com beliscões e piadas, procurava alguma música no DVD.

O motorista reclamou dos excessos cometidos pelo povo ao comprar carros grandes que bebem muitos litros por quilometragem só porque os preços nos postos de combustível são extremamente baixos, não entendem que se trata de um subsídio público e não é algo gratuito que se deva desperdiçar. Ele sendo um sujeito consciente possuía um carro econômico, uma questão de bom-senso e respeito aos recursos da nação. Ela encontrou a música do Ali Primera, canción mansa para un pueblo bravo, que o cara era fã, cantarolou:

"vuelve a tu canto de turpial

que el pueblo manso ya es montaraz"

Carmem o cutucava para se atentar ao volante. Consultou seu relógio e percebeu que chegou rápido demais na cidade. Propôs que parássemos para comer uma arepa no centro de Caracas, e novamente enfrentamos o caótico trânsito caraquenho. Visitamos o Teatro Teresa Carreño no Parque Central, estava rolando uma exposição de fotografias. Pedi que nos levasse a Ponte Llaguno queria ver de perto o cenário onde o boina vermelha disparava contra os franco-atiradores que assistimos no

Diário Bolivariano

filme. Percorreu pela Avenida Baralt refazendo o caminho dos manifestantes até o Palácio de Miraflores.

O boina vermelha da ponte Llaguno

Eu sou o boina vermelha na ponte Llaguno
segurando uma arma
vindo de um bairro periférico
que quando chove alaga
A mídia me chama de assassino bolivariano
mas só transmite os fatos por um único plano
A manifestação "pacífica" da direita
não passou por esta via
mas fui preso por ser linha de frente contra
o fascismo disfarçado de democracia
A mesma elite que contrata atirador de elite
promove caminhada pela paz
mas não move o globo pra vê sob outro ângulo
do seu ponto de vista nós somos o mal e vocês o bem
Sim eu estava armado
mas lá em baixo não havia ninguém.

Continuamos de carro até o aeroporto Simón Bolívar em Caracas. Carmem nos acompanhou até fila do check-in, fomos vistos como tão loucos perante o festival que ela precisava confirmar se realmente pegaríamos o voo certo. Andava tão cansado, tão empapuçado, tão mal, tão triste por ir embora que desta vez fui dormindo de Caracas a Puerto Ordaz.

— *Se cair nem sinto.*

Na saída do aeroporto caminhamos para um ponto de táxi. Pedimos prum mano parar um carro pra nós e perguntar o preço, pois se vissem que eram estrangeiros cobrariam mais. Consultou uns três taxistas até que achou um preço justo. O moleque foi sangue bom.

Na Rodoviária de Puerto Ordaz a pegada era comprar as passagens e zarpar, simples. No guichê pedimos as opções de horários para Santa Elena.

— *No tiene!* Uma funcionário fechou o guichê.

Sem stress, nos dirigimos para o segundo guichê e todos os assentos estavam reservados, muitos retornariam do final de semana na Ilha Margarita. Um pouco mais apreensivos colamos na terceira empresa e a resposta também foi negativa. Apenas as passagens para a noite seguinte encontravam-se disponíveis. Dimas tentava explicar a necessidade e a urgência de partirmos naquele dia. O funcionário ouvia e lamentava. Fiquei puto, ameacei o cara, bati na mesa, enfiei o dedo falando em português, peguei um pedaço de pau, anunciei que quebraria tudo. Dimas deu um soco na grade, ele trancou a cabine e se retirou, dizendo que se insistíssemos poderíamos ser presos por agressão e vandalismo.

Começou a bater o desespero, já me imaginava dormindo na rua, com fome, e chegando em Manaus sem as passagens, dormindo novamente na rua. Diferentemente de João e Maria não marcamos o caminho com pedrinhas, nós marcamos de não ter comprado a volta. Me comparava ao Hércules em seus doze trabalhos, mas esqueci que tinha a volta e agora teria que encarnar outro personagem da história. Talvez o Teseu enfrentando o Minotauro dentro do labirinto da Ilha de Creta, na Grécia Antiga, voltando pelo caminho do novelo de lã que Ariadne, sua esposa, fez, mas ninguém fez o roteiro pra nós. Ou encarnar o Minotauro do U.F.C e partir pra porrada.

Essa foi a ideia mais hippie que já tive na vida, programar só a ida. Se perdêssemos um dia aqui, perderíamos também o nosso voo de Manaus a São Paulo, não tínhamos dinheiro nem as nossas mães e nem ninguém que conhecíamos poderiam nos salvar. O personagem que merecia encarnar seria o Raul Seixas e se um dia vier a escrever esta história que ela seja tão criticada quanto os livros de Paulo Coelho.

Peguei o amuleto que recebi do taxista Nelson David a caminho de Valência, e fiz uma oração ao santo Hugo Chávez;

"Oh santo Hugo Chávez, o senhor da revolução, aquele que tem lutado contra os imperialistas, sendo um pai na América Latina e região, com sua bravura, esperteza, ironia e fé em nosso Bolívar.

Prometo que se eu sair dessa espalharei no meu país e em todo lugar que for os ideais bolivarianos e chavistas.

Amém!"

Dei um beijo no amuleto, esfreguei em meu coração. Como primeiro sinal de graça atendida avistei um ônibus vindo de Santa Elena, me aproximei. O motorista de bigode grosso pareceria que conhecia minha história e trouxe a solução, expliquei a situação esbaforido, desesperado e comendo o final das palavras. E ele com a calma de um santo religioso afirmou que voltaria às dezenove horas e nós deveríamos aguardar ali, exatamente naquele portão, o sete. Era em torno das nove da manhã. É isso, terei fé, farei sacrifícios, farei jejum e orações.

Dimas quase dormia no banco até que apareceu uma colombiana, baixa e gordinha, de cabelos lisos e longos, ouviu a nossa conversa e se aproximou, se intrometeu assegurando em voz alta que conseguiríamos partir, afirmou com otimismo irritante, como se conhecesse o motorista, mal sabia que ele seria um enviado de Bolívar através do santo Chávez.

Ela morava em uma ilha de Tucupita, Estado de Delta Amacuro, pegaria um ônibus e depois um barco até a sua residência, vinha de Caracas, onde trabalhava. Mãe de dois filhos homens criados com educação colombiana, que segundo ela, era muito melhor do que a venezuelana; são gentis e doces, enquanto que os daqui são grosseiros, mal educados e machistas. Dimas, o consultor sentimental, se aproximou da chica, e eu para não segurar vela me afastei, colei no posto de gasolina do outro lado da rua para buscar cerveja.

O Terminal se localizava numa rotatória cumprida no meio de um descampado. Dois caras olharam bem feio pra mim, comprei duas cervejas de garrafa pra mostrar que estava acompanhado, e se precisasse uma viraria arma. Sentei na calçada, acendi um cigarro e fiz cara de folgado esperando os otários tomarem iniciativa.

Quando voltei o Dimas e a colombiana não estavam mais na rodoviária, circulei para ver se os trombava, mas conhecendo meu amigo imaginei o caminho da sedução que teriam percorrido. Encostei numa lanchonete que vendia pastéis e acessórios eletrônicos, na TV a notícia de que o Brasil era a 6ª maior economia do Mundo. O vendedor impressionado comentou com um cliente que ficou invejado com a matéria. Depois começou um programa de auditório, bestializado como os dos finais de semana da televisão brasileira.

Faltava muito tempo para o retorno da graça. Dei um pião entre as lojas observando as lembrancinhas e encontrei Otacílio, que se hospedara na cidade, gente rica é outra fita, tinha comprado as passagens de ida e volta, como fazem as pessoas normais, porém ele deveria ter confirmado um dia antes para garantir a reserva, como não confirmou não poderiam embarcar. Otacílio ficou furioso, se alterou educadamente, o atendente solicitou que retornasse mais tarde que tentaria resolver o problema.

Fiquei na espreita pra ver se ele também resolveria o nosso b.o. Houve uma confusão com as passagens aéreas e o Júlio e sua família tiveram que antecipar o voo impossibilitando o retorno em conjunto. A situação deles era ruim, mas a nossa era infinitamente pior, nem tínhamos as passagens pra argumentar. Nessa aí, nós vacilamos. A esposa do Otacílio expressou felicidade com o reencontro, viu meu estado de palidez e me ofereceu uma marmitex e um copo de suco de laranja. Esqueci o jejum, comi metade e guardei o restante pro Dimas.

O sol começou a se pôr, e eu não acreditava naquela imagem que se formava no céu, um âmbar como nunca nem vi na vida, vinha como um chamado para a transformação. E as seis e quarenta e cinco Dimas e a colombiana surgiram. Nós três contemplamos o espetáculo divino como em comemoração pelas vitórias, ao progresso, a vida na estrada.

Como diria Gilberto Gil "a fé não costuma faiá" e as seis e cinquenta e um a graça se personificou. Caminhei na sua direção, com apenas um gesto poderoso pediu que me acalmasse. A fila se formou em frente aos guardas que fariam a revista. Almejante, me dirigi atrás do último, e o enviado inquiriu:

— *Eu não disse pra esperar?*

Acreditei que estava tudo certo e que ele nos levaria ao reino de Santa Elena. Saí da fila e me mantive por perto. Todos foram revistados por policiais com um sinalizador, tinham suas bagagens abertas e vasculhadas, em seguida entravam. Isso tardou. Tive uma crise de ansiedade, andei de um lado para o outro. Dimas beijava a colombiana num modo a chamar a atenção, essa quando não estava beijando estava falando então era melhor que estivesse assim, pois eu não suportava o seu otimismo. Não me contive e me dirigi ao motorista que respondeu com mais um sinal para que esperássemos. E ao término do procedimento de embarque, quando todos estavam dentro do ônibus, os porta-malas fechados, os guardas já tinham partido para outro portão, ele observou atentamente em volta. Eu fiquei estático pensando que não seria um dos escolhidos. Ele pôs a mão sobre a minha cabeça, como fazem os religiosos, pegou as nossas bagagens e socou no único espaço que sobrava. Pediu para que entrássemos ligeiro. Puxei o Dimas pelo braço, a colombiana deu o último beijo, eu dei o último puxão e embarcamos.

No início da escada escura, que dava acesso ao segundo andar, um sujeito cobrou o valor da passagem, achei que iríamos de graça, era o mesmo preço das bilheterias, só que este era por fora. Pagamos.

Nos conduziram ao fundo, puxou um banquinho debaixo do receptor de água e apontou para o espaço onde viajaríamos. Dimas e eu fomos espremidos, sentados no corredor com as pernas encolhidas, praticamente de cócoras. Seria uma penitência pelos pecados que cometi na sociedade consumista? Deu partida, agradeci a todos os santos e orixás por ter conseguido embarcar. Sentia o trepidar do motor do ônibus rodando pela estrada, sentia ainda mais o alívio de estar nos locomovendo para mais próximo da nossa nação.

As luzes foram apagadas. O breu prevaleceu. Eu e Dimas reclamávamos das más condições que o motorista nos colocou, seriam muitas horas naquela posição desconfortável e insegura, e sua prática foi ilegal. Um dos passageiros que estava do meu lado direito, o Jeremias, ouviu nosso desabafo, pediu para agradecermos a Deus, agradecemos. Morava em Roraima, passou sua vida intercalando entre os dois países. Estudou na Venezuela, garantia que a educação de lá é muito melhor que a brasileira, tem mais qualidade e infraestrutura.

Um cara careca também do norte trazia um ar- condicionado no bagageiro, não parava de falar do medo de não conseguir passar na alfândega com seu eletrodoméstico adquirido na Ilha Margarita. Atravessou o país de barco, ônibus, a pé. Jeremias afirmava que não haveria problema, os guardas não revistavam tudo e estavam ali para negociar.

A conversa cessou, tentamos cochilar. E de manhãzinha uma parada oficial. Todos tiveram que descer e retirar suas bagagens do porta-malas, um a um, abriam e tiravam quase todas as peças.

O procedimento de revista e a reposição das malas demorou mais de uma hora. Parecia que tudo corria bem, mas não fomos liberados porque o cara do ar-condicionado não queria pagar a taxa cobrada pelo equipamento, negociou a parte com o policial até que chegaram a um acordo. Atrasou o rolê. Subiu vibrando a conquista individual e nós querendo chegar logo no destino final. Por um momento pensei que seria um idiota, mas se eu morasse no norte também faria de tudo para ter um ar-condicionado.

CAPÍTULO 12

SANTA

ENA DE UAIRÉN

perdi o bonde e a esperança
volto pálido para casa

Carlos Drummond de Andrade

a arte de ser louco
é jamais cometer a loucura
de ser um sujeito normal

Raul Seixas

Com o corpo destruído pelas quinze horas viajando contorcidos eu me condenava por não ter programado o retorno. Nós não somos hippies, não tomamos LSD para agir inconsequentemente como uns malucos beleza na prainha do litoral paulista.

Estávamos por fim na ponta do país. Agora faltava pouco para chegar no Brasil. Desembarcamos na rodoviária de Santa Elena de Uairén. Jeremias e o careca do ar-condicionado também pegariam um táxi, desta vez nós não tínhamos pressa, o nosso corpo pedia pausa.

Provavelmente choveu bastante por aqui, pois o pátio do terminal estava repleto de poças, me obrigando a andar como num jogo de amarelinhas, segurando uma mala e uma sacola, procurando o banheiro e torcendo para não cair no quadrado errado e ter que voltar do início.

No meu ombro direito trazia a comida que a família do Otacílio nos deu, estava molhada e possivelmente azeda, perguntei se Dimas queria, sua cara inchada não lhe dava condições de decidir, optei por jogar fora, que Deus não veja.

Neste ponto da viagem eu já tinha entendido e me acostumado a andar de táxi. Consultamos o preço, nos cobrou cinquenta conto, achei caro, nossos reais estavam chegando ao fim, fechamos por quarenta e cinco. O taxista nos levaria até a fronteira para darmos baixa na saída. Em Pacaraima pegaríamos outro táxi até Boa Vista. De lá um ônibus até Manaus para então tomarmos o nosso voo até São Paulo e finalmente um busão até Cangaíba. Faltavam quatro mil oitocentos e noventa quilômetros. O percurso era tão grande que é melhor ir por partes.

Nos postos de gasolinas pelo caminho avistamos filas quilométricas de carros com placas brasileiras. Como este era o seu trajeto diário o taxista cumprimentava os policiais e passávamos batidos pelas blitz. Além de motorista ele também exerce um cargo no governo federal e em tom confidencial revelou que era socialista e trabalhava em prol da revolução. Mas se não tinha mais ninguém no carro além de nós, talvez os celulares pudessem captar o áudio, monitorado por agências de espionagem norte-americanas.

Novamente teríamos que passar pela alfândega, carimbar nossos passaportes e oficializar a saída do país. Eram os últimos momentos em terras bolivarianas. Em virtude do horário estava fechada, o taxista chavista se desculpou por não poder esperar para a travessaria. Fez um balão retornando a Santa Elena. Sentamos na calçada esperando a abertura. Desta vez foi fácil, rápido e tranquilo. Não encontramos a senhorinha simpática que me confundiu com um global, se a encontrasse diria

a verdade, que sou um ator amador, frustrado, tentando sobreviver de arte morando na periferia, e que eu e Dimas nunca fomos ao Rio de Janeiro por falta de grana.

Iniciamos a travessia a pé, cruzamos a linha que divide os dois países. Nessa altura ninguém ousaria nos roubar, foram tantas tretas e fitas que estávamos fortalecidos, apesar de cansados. De um lado o Brasil e do outro a Venezuela, as duas bandeiras hasteadas, sentamos no meio em um rochedo de pedras, montanhas para um lado, montanhas para o outro. Fizemos uma foto para registrar este momento. Alguns brasileiros e venezuelanos sentados, outros indo e vindo, gente pobre. Seguimos os cem metros do caminho, carregando as mochilas e sacolas do cenário. Dei um tchau para o país *"hasta la victoria"* e pisei com o pé esquerdo no solo brasileiro.

Diário Bolivariano

Em um boteco nas terras tupiniquins ouvimos gente falando português, depois de tanto tempo ouvindo e falando com a língua enrolada, era confortante. Entramos, soltamos as malas, sentamos nuns banquinhos rústicos de madeira, pedimos uma caipirinha e uma cerveja, no rádio tocava uma música brasileira bem brega, este estilo não faz parte das minhas playlists, mas me trouxe alegria, era como ler a frase mais clichê e ela fazer todo o sentido naquele momento e você tirar a conclusão da coisa mais óbvia do mundo.

Naquele horário não vimos nenhum cambista na rua. Orientaram-nos a ir num mercadinho em Pacaraima, na rua de trás, para trocar o pouco que nos restava de bolívares por reais. Somente com reais no bolso e um bolívar pra guardar de lembrança agora tínhamos que ir até a rodoviária de Boa Vista há uns duzentos quilômetros de distância.

Pegamos outro táxi, desta vem com capacidade para sete pessoas. Só faltava nós dois pra completar o carro. Três meninas e um rapaz aguardavam. Eu fui na frente, Dimas no fundo junto do rapaz, e as três meninas no meio, via BR 174. O motorista contou que atravessa a fronteira muitas vezes somente para abastecer o tanque. Tentei puxar outro assunto, só pra ver se era possível, perguntei em voz alta quais eram os lugares turísticos de Boa Vista, passaríamos algumas horas por lá e queríamos nos divertir, ou conhecer lugares inusitados. Ele não conhecia. As meninas deram risadas, negando a existência de turismo na cidade, apenas enfatizavam a violência urbana, insisti: algum lugar interessante tem que existir.

— *O que vocês fazem no final de semana?*

Então elas se abriram mencionando um tal Rio Branco que ficava a trinta quilômetros ao norte de Boa Vista. Nós não teríamos tempo e nem grana pra conhecer, mas vai que uma delas nos convida para uma festa. Eram duas meninas clarinhas e uma pretinha, entre vinte e vinte e quatro anos, a pretinha aparentava ser a mais velha, eram parentes, duas irmãs e uma prima, estavam retornando de férias, traziam presentes aos familiares. Pelo retrovisor tentei entender a ausência de Dimas na conversa, ele estava entretido com o mano ao seu lado. Logo deduzi que se tratava de algum assunto relacionado ao crime ou ao futebol, pela seriedade expressada em sua face parecia ser sobre crime.

O rapaz desceu na beira da estrada. E a partir daí Dimas entrou no papo. As meninas moravam na periferia, seus pais eram comerciantes, não gostavam do lugar, mas nasceram ali e o país vizinho era a melhor opção de lazer e compras.

O taxista deixou-as em casa, para isto desviou o trajeto, entrou em diversas ruas de terra, no começo foi curioso conhecer os bairros suburbanos do norte, mas depois ficamos tontos, com o estômago virado, calor infernal, daqueles que deixa o corpo mole e não dá vontade de fazer nada além de beber e imaginar estar numa praia ou piscina. Desci, abri a porta e ajudei as meninas com as bagagens, cumprimentei os pais delas, tiramos uma foto, peguei o e-mail da mais velha para enviar o link do blog.

Já conhecemos as periferias de Valência, já morávamos na periferia de São Paulo, conhecer a periferia de Boa Vista, mano, foi a mais. Só porque o taxímetro não estava ligado ele se achou no direito de extrapolar, a gasolina comprada na Venezuela é barata e até os brasileiros desperdiçam.

CAPÍTULO 13

*"as pessoas não são más
elas só estão perdidas"*

Criolo

Compramos as passagens para Manaus num horário suave para pegar o nosso voo. Na reta final já possuíamos todos os elementos de um peregrino, fazia dias que não tomávamos banho e semanas que nossas roupas não eram lavadas, o odor exalava.

Alternamos entre a rodoviária e o bar em frente preenchendo as quase oito horas ociosas que permaneceríamos em Boa Vista, compramos cervejas e cigarros, no caminho encontramos uma lan house, acessamos as redes sociais, descarreguei as fotos e passei para o pendrive. Subi a nossa foto na fronteira ao lado das duas bandeiras. Já tinha muita gente acompanhando a nossa viagem. Fui olhar no álbum de fotos que postei em Naguanagua e li vários comentários de amigos de infância, camaradas da cena, amigos dos amigos, alguns intelectuais nos dando os parabéns e uns fascistas nos criticando dizendo que deveríamos ficar por lá, passando fome e com a bunda suja, já que é tão bom o comunismo. Tirei a camiseta e voltei gingando, fumando e bebendo, depois parei, estava ridículo. Não era possível nem andar com roupas no sol escaldante, muito menos gingando.

Na sala de espera encontramos um mano, que conversava alto, contava uma história... Dimas abriu um livro, eu coloquei o fone no ouvido, o sujeito tentou puxar assunto e eu não queria papo com ele. Mas insistiu e para mostrar um pouco de humanidade resolvi ceder a minha atenção, tirei um dos fones. Ele se sentou num banco mais próximo ao meu e perguntou de onde éramos, respondi:

— *Essepê!*

E ele se alegrou:

— Moramos perto. *Eu sou do Paraná, moro em Maringá.* Em tom crescente de euforia.

Pensei comigo:

— *Perto onde, mano? Nunca fui lá.* Um fica no sul e outro no sudeste. Desperdicei meu tempo e minha concentração num papo ordinário. Recoloquei o fone no ouvido.

— *Fui roubado em Manaus, comprei várias roupas e me tomaram.* Em tom de pobre-coitado querendo me comover.

— *Putz, que fita.* Pensei, com essa cara de vacilão, não deve ter sido difícil.

— *Estou procurando meu pai. Falaram que da última vez que o viram ele estava na Venezuela e eu fui até Santa Elena para tentar encontrá-lo. O padre da cidade me ajudou, me deu comida, abrigo e dinheiro para passagem até Manaus, mas como fui roubado fiquei com medo de permanecer lá.*

— *Ah, ele veio pra Santa Elena?* Entendendo que a cidade era pequena não seria muito impossível de ter alguma informação sobre o paradeiro do pai.

— *Não sei para onde ele foi. Só me disseram que era na Venezuela, então eu vim de ônibus do Paraná até a Venezuela e saí perguntando, mostrava esta foto, mas* ninguém sabia dele. Já faz mais de três *meses que não volto pra casa.*

Lembrei da música do Hyldon na versão do Filosofia de Rua: "*Todo sábado e domingo sabe Deus onde você vai*".

Me virei para o lado e avistei um grupo de mulheres negras falando em inglês, eram da Guiana, ouviam rap alto, eu comecei a gesticular de modo estereotipado como rapper americano, elas riram, nos aproximamos e puxamos assunto em portunhol, elas respondiam em inglês.

Encostamos mais uma vez no mercadinho pra buscar cervejas. O Dimas era bom, ouviu a história e se emocionou.

— *Nem me olha, não vou dar um centavo, nem tenho*, falei ao Dimas virando de lado.

Estava com dúvida se ele estaria desconversando, pagando de louco para ter vantagem ou se era real o desaparecimento da figura paterna. O máximo que podia fazer por ele era comprar um pacote de bolacha recheada.

Voltamos e entreguei a bolacha pro mano. Em fração de segundos, devorou.

— *Aquela moça pagou a minha passagem para Manaus*, falou dirigindo-se ao Dimas, com o rosto aliviado, tomando uma coca-cola e comendo em poucas mordidas um salgado de frango pago também pela moça caridosa. Apesar de Manaus ser muito longe do Paraná, estaria um passo a frente, porém não aparentava saber se os passos que precisaria dar teriam direção lógica: ir pra frente, pra trás, para os lados, neste caso é relativo. Pegou a sua bagagem e se aproximou da moça, no alto-falante anunciava a partida do ônibus pra Manaus.

Assim estamos nós. Com o pé na estrada, com um sonho de um mundo mais justo na cabeça, por ora caminhamos a um rumo certo, não estamos procurando nossos pais, nem temos pais. Não sabemos se estão mortos ou vagando pelo mundo, mas nós já os enterramos. O começo do país, o recomeço do trajeto, a descida para casa, assim como o personagem Bombetinha em busca da sua identidade, este rapaz procurava pelo seu pai desaparecido e o povo venezuelano esperava a revolução resistindo ao império norte-americano que trata a América Latina como se fosse o quintal dos fundos que lhe dá muitos frutos, porém fica escondido. Os donos tiram fotos, filmam, editam e mostram para o mundo só o que lhes convém.

Hércules em seu último trabalho precisa resgatar Cérbero, o cão guardião do inferno no reino de Hades, um lugar cercado por rios onde todos podem entrar, mas ninguém consegue sair. Estávamos no norte, no maior deserto do mundo, isolado por rios e matas virgens. Somente com a proteção de Ogum retornaríamos ao castelo de madeira.

Do alto observo
a periferia de Guarulhos
tempo nublado
aguardo o aviso do desembarque

...

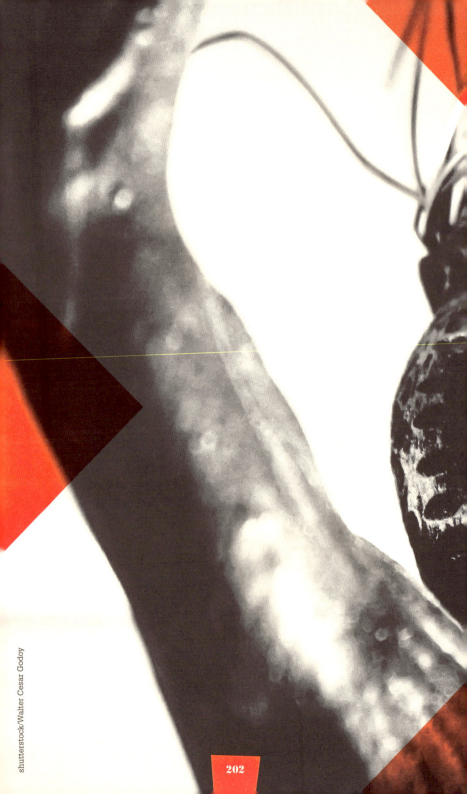
shutterstock/Walter Cesar Godoy

202

OUTROS AGRADECIMENTOS

Cristina Assunção pelo incentivo a realizar esta viagem e ao tempo para escrever o livro. À equipe YAN Comunicação, à editora Autonomia Literária. Aos parceiros que leram e deram o retorno: Pablo Tiaraju (Sujeito Periférico), Luciano Carvalho (Dolores Boca Aberta), Paulo Ramos (Fundação Perseu Abramo). E à Ermi Panzo pela consultoria literária prestada.

SOBRE O AUTOR

Emerson Alcalde nasceu no outono de 1982 no bairro da Penha, subdistrito de Cangaíba, passou a infância em Itaquaquecetuba, hoje vive na Cohab 1, Zona Leste de São Paulo. Se formou no curso superior de Teatro e em Dramaturgia, encontrou na escrita e na performance o seu ofício.

Frequentando saraus e slams se firmou como poeta-performer conquistando amigos e títulos, carrega no pescoço a medalha de prata conquistada na Copa do Mundo de Slam de Paris em 2014.

Daniel Carvalho

É co-fundador do Slam da Guilhermina e mestre de cerimônia no SÓFÁLÁ - Red Bull Station, Madalena Slam Jazz, Torneio dos Slams - Encontro Estéticas das Periferias, Slam Nacional em Dupla FPA e Slam Interescolar SP.

Autor dos livros: (A) MASSA (2011) e O Vendedor de Travesseiros (2015). Organizou e participou de diversas antologias marginais-periféricas. Já se apresentou na Venezuela, Argentina, Trinidad e Tobago, Canadá e França.

Tiragem 2.000. **Dimensões** 208 páginas. Formato 14x21 cm, miolo em papel Polen 80g, impresso em duas cores. Capa em Cartão LD 300g.

Impresso na gráfica Bartira